Bridgets Bitte

Überraschender Krimi und Erotische Dominanz

Erika Sanders

Bridgets Bitte:
Überraschender Krimi und Erotische Dominanz

Erika Sanders
Serie
Herrschaft und erotische Unterwerfung

Zusammenfassung

Bridget, ein wunderschönes High-Level-Model, ist besessen von einem in Italien geborenen Industriemogul namens Leonardo, der auch ihre Freundin ist.

Zu ihrer Überraschung hat er einen Vertrag vorbereitet, damit sie Teil seines Fernsehgeschäfts werden kann.

Aber sie bittet ihn um eine Provision, um diesen Vertrag anzunehmen.

Welche Reihenfolge ist es? Warum ist Bridget so nervös über die Konsequenzen dieser Aufgabe?

Bridgets Bitte ist ein Roman mit stark erotischem BDSM-Gehalt und wiederum ein neuer Roman aus der Erotic Domination-Sammlung, einer Reihe von Romanen mit hohem romantischen und erotischen BDSM-Gehalt.

(Alle Charaktere sind 18 Jahre oder älter)

Anmerkung zum Autorin:

Erika Sanders ist eine international bekannte Schriftstellerin, die in mehr als zwanzig Sprachen übersetzt wurde und ihre erotischsten Schriften, weit entfernt von ihrer üblichen Prosa, mit ihrem Mädchennamen signiert.

Index:

BRIDGETS BITTE
ERIKA SANDERS

1.

Der Raum war still und wurde nur von der beleuchteten Tischlampe beleuchtet, die mit ihrem Lichtstrahl auf einer Seite neben Bridget leuchtete.

Ihr nackter Körper kniete auf dem Bett, ihr langes braunes Haar fiel auf ihre Schultern und ihren Rücken, ihr Kopf nach vorne geneigt, weg vom Licht.

Dann begann die Musik, zunächst ein langsamer, sanfter Schlag, der immer lauter wurde und mit der Zeit zunahm. Ihr Kopf begann sich im Takt des Schlags zu heben.

Dann erreichte die Musik ein Crescendo und Bridget schüttelte den Kopf und warf den Schleier aus weichem Haar aus ihrem Gesicht.

Eine stille Pause und Licht beleuchteten ihre Gesichtszüge.

Mit zart geschlossenen Augen teilte sich ihr rosa Lippenstift.

Sein Gesicht war eine Vision von Ruhe und Beschaulichkeit.

Die Musik begann wieder, eine Akkordharmonie, als seine Spitzenhandschuhe von ihren Schultern und über ihre Brüste glitten, die Finger gespreizt und entspannt waren und langsam über jeden weichen Hügel ihrer glatten Haut glitten.

Seine Finger ballten sich, umfassten ihr rosa Fleisch und streichelten ihre Brüste mit einem sanften Griff.

Bridget riss die Augen auf, enthüllte ihre saphirblauen Kugeln und reflektierte den Lichtschein in ihnen.

Ihre Lippen teilten sich und ihre Zunge begann sanft zu lecken, als würde sie sie schmecken.

Ihre Gedanken waren auf die Musik gerichtet und kreierten ein Mantra für ihre tiefen Gedanken und ihre wilde Fantasie, während jeder Daumen und Finger ihre festen Brustwarzen hielt.

Ich war aufgeregt und aufgeregt über die Musik.

Sie fing an zu jammern, ein leises Stöhnen der Befriedigung, als sein Daumen und seine Finger anfingen, an dem steifen Fleisch ihrer dunkelrosa Knospen zu ziehen.

Schüttelfrost raste über ihre Wirbelsäule, die an ein Ziel in ihrer Leiste zu gelangen schien, und sandte Wellen des Vergnügens durch jeden Nerv und jede Sehne in ihrem Körper.

Er löste eine Hand von ihren Brustwarzen, schob sie nach unten und berührte zärtlich ihren Bauchnabel, bis sie den perfekt geschnittenen Schamhaarhaufen erreichte.

Die andere Hand bewegte sich über ihren dünnen Hals.

Mit einem ausgestreckten, ineinander verschlungenen Finger berührte sie ihre Lippen und Zunge, saugte daran und schloss ihre Augen wieder in Ekstase, während die Musik in ihrem Kopf tanzte.

Ihre Sinne leuchteten auf, als sein behandschuhter Finger sich durch die feuchten Hautfalten ihrer Vagina arbeitete, zarte Lippenblätter erforschte und das Ziel erreichte.

Mit zwei weiteren Fingern teilte er ihre rosa Vaginallippen, öffnete ihre Vagina und begann die winzige, kapuzenlose Schwellung ihrer Klitoris zu streicheln. Er bewegte sich sanft, atmete wild und schrie wie vor Klage, im Einklang mit der Musik, die sie umgab.

Bridget hielt den Atem an, als die Musik aufhörte.

Seine Augen weiteten sich und genau in diesem Moment kamen beide Hände an seiner Leiste zusammen und fühlten den warmen Sprühnebel, als er losließ.

Er hatte den höchsten Punkt seines Orgasmus erreicht und sein Körper versteifte sich und zitterte einige Sekunden lang, bis er sich entspannte, seinen Atem freigab und den sanften Rhythmus der Musik einfing.

Sie sah auf ihre Brüste hinunter, fest und leicht gerötet von der Spannung ihres Höhepunkts.

Ihre Brustwarzen ragten wie kleine Stiele heraus, zeigten nach außen und spürten die Kühle der Luft.

Langsam mit der Musik begann sie in normalem Tempo zu atmen und spürte die entspannende Harmonie um sich herum.

Langsam nahm er beide Hände von seiner Leiste und spürte die Nässe seines Nektars an seinen Fingern mit den weißen Handschuhen.

Die Musik endete und Bridget lehnte sich zurück.

Sie legte ihren Kopf auf das perlweiße Seidenkissen.

Sie lächelte vor sich hin und hob die Knie. Mit ihren Armen auf dem Kopf in einem Meer aus weichen braunen Haaren lachte sie.

* * *

Nach einer Dusche bedeckte sich Bridget mit einem Handtuch und ging zurück in ihr Zimmer.

Die Videokamera war immer noch in der Ecke des Raumes über der Kommode montiert und damit hatte er seine einsame Leistung von früher aufgezeichnet.

Etwas, das sie ohne ersichtlichen Grund tun wollte.

Eine Laune, eine Fantasie und nichts weiter, nur um sich beim Orgasmus ihres Lieblingsklassikers von Strauss einzufangen.

Es war etwas geworden, das er in den letzten Monaten perfektioniert hatte.

Bridget verschmolz mit der Musik, als würde sie mit ihr schlafen.

Geist und Körper in sexueller und harmonischer Verbindung mit der Musik selbst.

Sie saß vor der Kommode.

Sie beugte sich vor und teilte ihr feuchtes Haar, um ihr eigenes Gesicht im Spiegel zu betrachten.

Worauf sie am meisten stolz war, war ihre atemberaubende Schönheit.

Sie war tief in sich selbst verliebt, Eitelkeit bis zur Unkenntlichkeit.

Aber eine Sache, die er ihr gab, war Respekt.

Sie respektierte sich selbst und ihre Intelligenz sagte ihr, dass dies gut und natürlich sei.

Zumindest war sie jemand Besonderes und Selbstbewusstes.

Ihr Leben als Model hatte sich ausgezahlt und sie konnte fast alles tun, was sie wollte.

Bridget brauchte kein Make-up, sie hatte natürliche Schönheit.

Aber Kosmetik hat sie nur aufgewertet und so präsentiert, dass sie auffiel und die Leute ihre Köpfe drehten, in ihrem Gefolge, in Ehrfurcht und andere Menschen sie beneiden ließen.

Aber dann war das jetzt ihr Leben und sie hatte alles, was sie wirklich wollte.

Die Kindergeschichtenträume seiner Kindheit waren wahr geworden.

Nachdem sie ihren Lipgloss aufgetragen hatte, schmollte sie und lächelte.

"Gott, du bist so sexy", flüsterte er zu seinem eigenen Spiegelbild.

Dann setzte sie sich auf, zog das Handtuch um sich herum und enthüllte ihre festen Brüste, um sie bewundernd anzusehen.

Sie waren perfekt geformt und gleich, der Ton des Fleisches zwischen Brustwarze und Warzenhof ausgeglichen.

Sie stand auf und drehte sich um, die Form ihrer Hüften, die Dünnheit ihres Bauches, die glatte Linie ihres Gesäßes und ihrer Oberschenkel waren das, was sich alle Models wünschen konnten.

Und sie hatte nichts getan, um es zu erreichen, als ihre eigene Natürlichkeit zu respektieren.

* * *

In dieser Nacht kam sie in einem teuren blauen Designerkleid im Restaurant an, das ihre Formen enthüllte.

Ihr Haar war mit einem weißen Seidenband zurückgebunden und sie wurde vom Eingangspersonal begrüßt, das sie zu ihrem Gastgeber führte.

Sein Jasminduft schwebte in jedem Nasenloch jeder Person, an der er vorbeiging, als er ihm durch die Kunden folgte, die an ihren Tischen saßen.

Leonardo stand auf und streckte seine Hand aus, um ihre zu empfangen.

Er küsste sie sanft und sie bemerkte seinen großartigen und schönen Körperbau.

Er war alles, was sie sich erhofft hatte.

Dunkles Haar und dunkle romantische Latino-Augen.

Ein Lächeln, das alles sagte, was sie hören wollte, ohne dass Worte gesagt wurden.

"Ich bin so froh, dass du heute Nacht hier sein könntest. Du siehst wundervoll aus", sagte er. Der Oberkellner zog seinen Stuhl heraus, auf dem sie sitzen konnte. "Ich dachte du würdest niemals hierher kommen."

"Danke, sorry, ich bin so spät."

"Du musst dich nicht entschuldigen. Zumindest bist du jetzt hier."

Der Kellner servierte den Wein, damit beide ihn untersuchen und genehmigen konnten, damit er ihre Gläser füllen konnte.

Bridget interessierte sich mehr für ihren Gastgeber und sie sah sich seine makellosen Gesichtszüge an, als der Kellner ihre Bestellung entgegennahm.

Leonardo war ihr nicht nur wichtig, weil er ihrer Karriere helfen konnte, sondern er war auch jemand, von dem sie träumte, ein Mann, von dem sie ziemlich oft träumte.

Jetzt war er persönlich auf der anderen Seite des Tisches.

Obwohl er doppelt so alt war wie sie, fand Bridget ihn sehr interessant und aufregend.

Sie war schon immer von älteren Männern angezogen worden, besonders von charismatischen wie ihm.

Immerhin war Leonardo auch berühmt.

Sie wusste alles über ihn, erfuhr durch Berichte und Zeitschriften von seinem Leben und hatte seine Arbeit gründlich studiert.

"Ich bin sehr überrascht", sagte er, "Sie haben viele Filmverträge abgelehnt. Warum?"

Bridget legte ihr Gesicht in die Hand, lächelte und beugte sich zu ihm.

"Einfach. Ich bin keine Schauspielerin und ich habe nie danach gestrebt oder zu sein."

"Ich verstehe. Also bist du nicht wie die anderen."

"Die Anderen?"

"Ja, andere. Supermodels. Sie haben Ambitionen, im Film berühmt zu werden. Natürlich haben nicht alle das Zeug dazu."

"Ich auch nicht."

"Aber woher weißt du das?"

"Für mich zu handeln ist eine Kunst, die eine bestimmte Fähigkeit erfordert, um einen bestimmten Charakter zu erlangen. Ich war noch nie gut darin. Die Modelle, die Sie erwähnen, verhalten sich nicht immer so. Sie sehen einfach gut für die Kamera aus. Und ich mache es auch schon, aber nur als Modell ".

Leonardo lachte. "Sie haben mich schon davor gewarnt."

"Über?"

"Dein kluger Witz und deine Sturheit."

"Wirklich. Und was sagen 'sie' noch über mich?"

"Dass du schön und hypnotisch und sehr, sehr charmant bist."

Sein Essen kam an.

Sie waren wichtige und besondere Kunden.

Die Elite der Modewelt wie viele andere, die dieses Restaurant genutzt haben.

Und schweigend aßen und tranken sie Wein mit der leisen Musik im Hintergrund.

"Chopin", sagte sie.

"Entschuldigung?"

"Die Musik. Es ist Chopin."

"Ahhh! Ja, ich höre sie. Magst du Chopin?"

"Ich liebe alle klassische und moderne Musik. Mein Vater war selbst Dirigent und Komponist. Ich bin damit aufgewachsen. Musik ist ein Teil meines Lebens."

"Das wusste ich nicht."

Bridget sah ihn an und lächelte. "Nun, jetzt tue ich es."

Als Leonardo fertig war, fand er einen Weg, den Grund für ihr Treffen zu besprechen.

Er erklärte ihr seinen Wunsch, sie in einem seiner Werbeprojekte zu haben. "Benimm dich nicht genau so, wie du es sagst", machte er sich eine Notiz, um sich zu erklären. "Sie werden modellieren, aber das Produkt wie im Film verkaufen. Vielleicht einen neuen Horizont, den Sie erkunden sollten?"

Der Barkeeper kam herüber, um ihre leeren Weingläser wieder aufzufüllen.

Bridget bedeckte ihre mit einer Hand und zeigte damit an, dass sie nicht mehr wollte.

"Ist der Wein nicht nach Ihrem Geschmack, gnädige Frau?"

"Es war wunderbar, aber ich habe genug für heute, danke."

Leonardo sah sie und dann den Kellner an und entließ ihn mit einer Geste seines Kopfes zusammen mit der Flasche Wein.

"Möchtest du lieber woanders hingehen?" Fragte Leonardo.

"Ein Nachtclub?"

"Hast du eine, zu der du gerne gehst?"

Bridget sah ihn an.

Er hatte einen bestimmten Ort im Sinn, der sehr gewagt war.

Ein Ort, den er gerne besuchte, der aber nicht sehr bekannt war.

Und sie wusste, dass Leonardo niemals dort gewesen wäre, und sie wollte ihn dort sehen.

***

Ihr privates Auto würde sie durch die Stadt bringen, durch die belebten Straßen, beleuchtet von Leuchtreklamen.

Leonardo war hier ein Fremder und weit entfernt von seiner italienischen Heimat nach Florenz.

"Ist diese Disco dein Lieblingsplatz?" Fragte Leonardo.

Seine Augen sahen sie bewundernd an, als er neben ihr im Auto saß.

Sie wusste, dass er sie wollte und dass er jede Schicht ihrer Kleidung entfernen und ihre nackte Haut an seinen Fingerspitzen fühlen wollte.

Sie hatte sich an Männer wie ihn und ihre Absichten gewöhnt.

"Ja. Das könnte man so sagen."

"Was ist mit unserem Geschäft? Was ist mit meinem Vorschlag?"

"Du wirst wissen, wann ich mich entschieden habe", antwortete sie mit einem Lächeln und beobachtete ihn aus den Augenwinkeln, als sie seinen Blick auf sie spürte. "Nachdem wir uns ein bisschen lustig gefühlt haben, natürlich."

Leonardo war begeistert gewesen.

Sie konnte mit ihm machen, was sie wollte.

Und alles bedeutete alles in seiner Denkweise.

Das Auto hielt vor einem Nachtclub am Rande einer abgelegenen Straße.

Leonardo kam heraus und bot seine Hand an.

Er schaute auf die verschlossenen Türen, die nicht angaben, wo sie sich befanden, sondern nur, dass sie Teil des Establishments waren, zu dem sie gingen.

"Wir werden Sie anrufen, wenn wir Sie brauchen", sagte er dem Fahrer.

In diesem Moment startete das Auto erneut und fuhr in Richtung Hauptstraße, wobei sie in Ruhe gelassen wurden.

Es war ein Seiteneingang, und Bridget ging zu den Türen und klopfte dreimal an, während Leonardo hinter ihr blieb, um zuzusehen.

Das Guckloch öffnete sich und sie sagte der Person darin, wer es war.

Die Türen öffneten sich und ein Zwerg erschien im Rahmen.

Er verneigte sich leise und ließ beide eintreten.

"Danke, Thomas", sagte sie zu ihm.

"Ich wünsche Ihnen einen schönen Nachmittag, Ma'am", antwortete Thomas mit einem Lächeln, das sich von Ohr zu Ohr auf seinem Gesicht ausbreitete.

2.

Leonardo war neugierig.

"Sind wir nicht gut genug, um durch den Haupteingang einzutreten?" Fragte er und sah Thomas an.

Der Zwerg schloss die Türen ab und führte durch einen Gang, der schwach beleuchtet war, aber breit genug, dass sie in einer einzigen Reihe gehen mussten.

"Ich muss sagen, das ist sehr mysteriös."

Das Geräusch von Bridgets Absätzen hallte wider und übertönte die Tanzmusik aus dem Club.

"Ich mag Geheimnisse." Bridget antwortete.

Leonardo folgte ihr und beobachtete die Bewegung ihrer Hüften, als sie dem Zwerg durch eine einzige gepolsterte Tür folgte.

Er führte sie eine Wendeltreppe hinauf, die sie tief in die Räumlichkeiten führte.

Unten betraten sie einen anderen Raum durch einige Türen, die Thomas öffnete, ohne sich selbst zu betreten.

"Danke Thomas".

Er verneigte sich erneut und erlaubte ihnen, mit demselben unveränderten Lächeln auf seinem Gesicht einzutreten.

Leonardo sah sich um.

Der Anblick, der seinen Blick traf, überraschte ihn.

Es wurden mehrere Tische gedeckt, an denen jeweils zwei Personen bei Kerzenlicht saßen.

Es gab Männer mit Männern und Frauen mit Frauen und die üblichen Paare von Männern und Frauen.

Bridget führte Leonardo zu einem leeren Tisch und sie setzten sich.

"Das ist also eine private Disco?" Ich frage.

"Ja. Sehr privat."

Die langsame Jazzmusik spielte leise und alle schienen über das Paar zu starren und zu flüstern, das gerade am Veranstaltungsort angekommen war.

Leonardo nickte höflich zu den Grüßen, lächelte einige von ihnen an und während die Paare dasselbe taten.

"Das ist sehr langweilig. Wird es bald besser?" Ich frage.

"Oh ja. Er wird es sehr bald tun." Antwortete Bridget und lächelte ihren Gast an.

"Also war dein Vater Musiker? Du sagst ja. Ist er nicht mehr bei uns?"

"Er starb, als ich fünfzehn war." Bridget legte ihre Arme auf den Tisch und ihre Gedanken wanderten für einen Moment und dachten an einen anderen Mann in ihrem Leben, den sie einst bewunderte. "Er war ein sehr guter Musiker, obwohl er nicht so berühmt war wie einige andere."

"Ich verstehe. Tut mir leid das zu hören."

"Nicht gut."

Leonardo drehte sich schnell um und richtete seinen Blick auf die Kellnerin, die an seinem Tisch angekommen war.

Sie war groß, hatte ihr blondes Haar zurückgezogen und trug nur einen schwarzen Tanga für jede Garderobe.

Sein Blick fiel auf ihre vollen Brüste, die dunkelrosa Warzenhöfe und farbigen Brustwarzen, die dieselbe Farbe hatten wie ihr Lippenstift.

"Möchten Sie etwas, Sir, Ma'am?"

"Ja. Ich denke, dein bester Champagner wäre jetzt in Ordnung."

"Nein, Sir. Ich habe mich auf mich bezogen", antwortete die Kellnerin.

Leonardo sah zurück zu Bridget, die wieder lächelte.

Sie studierte den überraschten Ausdruck in seinem Gesicht und wartete darauf, dass er etwas sagte.

"Was ist das?"

"Sie will wissen, was du von ihr willst"

"Ihr?"

"Ja. Sein Körper und seine Zuneigung vielleicht?"

"Aber Bridget, ich verstehe nicht."

"Komm schon Leonardo, ich denke du verstehst was sie meint. Wie heißt du?" Fragte Bridget die Kellnerin.

"Jacky, Ma'am."

"Nun, Jacky, ich denke Leonardo möchte, dass du deinen Tanga vor allem anderen ausziehst."

Jacky schob den Tanga langsam über ihre Schenkel und beugte sich vor, um ihn zu entfernen.

"Ruhig!" Befahl Bridget. "Bleib so, dreh dich um und lass dich von Leonardo von hinten ansehen."

"Das habe ich in einem Nachtclub nicht erwartet." Leonardo lachte.

Jacky rollte sich herum, ihr Gesäß vor ihm, als ihre Augen auf die teilweise offene Falte ihrer Vagina gerichtet blieben, die ihm einen Blick auf ihre Lippen gab, die wie Blütenblätter gefaltet und von einem dünnen Nest aus dunkelblondem Schamhaar umgeben waren.

"Du bist konzentriert." Sagte Bridget. Und alle anderen im Raum auch. Seine Augen waren ausdruckslos und still auf Leonardos Augen gerichtet. "Du magst was du siehst?"

"Ich bin nicht sicher, worum es geht."

"Es geht um dich und Jacky. Was möchtest du mit ihr machen?"

Leonardo lachte, diesmal mit einem Hauch von Nervosität.

"Ich kann mir viele Dinge vorstellen, die ich ihr gerne antun würde. Am wichtigsten ist, was sie mir jetzt antut."

"Und was würde das sein?" Fragte Bridget

"Nun ..." Wieder wartete sie auf seine Antwort. "Ist das eine Art Trick?"

"Warum sollte es so sein? Jacky, steh auf und zeig Leonardo, was deine Spezialität ist."

Jacky drehte ihn sanft um und kniete sich zwischen seine Schenkel und starrte auf sein Gesicht.

Sie begann ihre Jacke zu lockern und öffnete dann die Knöpfe an ihrer Hose.

Leonardo blieb regungslos und sein Blick wanderte zwischen Bridget und dem, was Jacky tat, hin und her.

Langsam und sanft legte sie ihre Hand hinein und er fühlte, wie sie seinen Schwanz berührte.

Er war immer noch träge, aber seine Handlungen begannen bald, dies zu ändern.

Die Anwesenden konnten Jacky nur mit seiner Hand in der Hose sehen, da nur Leonardo fühlen konnte, was er tat.

Seine Männlichkeit wurde mit jeder Berührung, die sie ihm gab, deutlicher.

"Macht es dir Spass?" Fragte Bridget

"Ich bin ein Mann. Natürlich genieße ich es."

Bridget sah, wie ihr Gesichtsausdruck Anzeichen dafür zeigte, dass sie ihre Gefühle bekämpfte.

Er wurde erregt und widersetzte sich dennoch, weil er war und wo er war.

"Jacky, wie geht es deinem Schwanz?"

"Sie ist sehr hart, Ma'am, und ihr Kopf beginnt nass zu werden."

"Lass ihn kommen."

"Ja Ma'am."

Jackys Liebkosungen wurden schneller und Leonardo fiel es noch schwerer, Widerstand zu leisten.

Er befand sich in einer Welt zwischen Vergnügen und Angst, und er gewann das Vergnügen, als er seinen Kopf zurückwarf und schnell zu atmen begann.

Bridget sah zu, wie sich ihre Augen schlossen, als sich ihr Körper über den Stuhl beugte und sie sich auf die Unterlippe biss und ein zufriedenes Stöhnen ausstieß.

Jacky blieb stehen und stand dann auf.

"Ma'am ist angekommen."

"Danke, das wird es jetzt sein." Bridget entließ sie und sie ging langsam weg, schwang und spielte mit ihrem Tanga in der Hand.

Leonardo blieb stehen, öffnete die Augen und wandte sich an Bridget.

"Warum hast du das getan?" Ich frage.

"Es war was du wolltest."

"Ich hätte nie erwartet, dass das passiert. Was ist das für ein Ort?"

"Es ist mein wahr gewordener Traum". Bridget antwortete.

"Ihre? Besitzen Sie diesen Club?"

"Aus diesem Keller, ja."

"Also alles was ich sagen kann ist, dass du ein seltsames Mädchen Bridget bist und dein Sinn für Spaß faszinierend ist. Was passiert jetzt?"

"Folge mir."

Bridget ging durch die Tische und Leonardo folgte ihm, knöpfte seine Hose zu und nickte und lächelte den Gästen zu, die immer noch ihre Augen auf ihn gerichtet hatten und immer noch ausdruckslos waren.

"Und wer sind Sie?" er fragte sich.

Sie betraten einen Raum und Bridget schloss die Tür hinter sich.

Im Raum gab es einen Schreibtisch und einen Stuhl, die nur von einem Kerzenhalter beleuchtet wurden.

Bridget lehnte sich gegen den Tisch und verschränkte die Arme, als sie ihn ansah.

"Du liebst mich, nicht wahr, Leonardo?"

"Für den Vertrag? Ja."

Sie lachte.

"Das und noch etwas?"

"Du meinst. Was ist, wenn ich mit dir schlafen will? Welcher Mann könnte dieser Gelegenheit widerstehen? Aber ich verstehe das immer noch nicht. Warum spielst du dieses Spiel?"

"Welches Spiel?"

"Du lädst mich hierher ein und dann lässt du das zu. Warum?"

Sie ging auf ihn zu und sie standen nahe und berührten sich nicht.

Leonardo fühlte sich von ihrer unersättlichen Anziehungskraft angezogen und beugte sich vor, um sie zu küssen.

Sie teilte ihre Lippen und er saugte an ihrer Zunge, bis sein Kuss leidenschaftlich wurde.

Seine Hand fand den Spalt in ihrem Kleid, der über ihren weichen Oberschenkel lief, aber Bridget packte ihr Handgelenk, bevor sie ihre Hüften erreichte und den Kuss schnell teilte.

"Nein noch nicht."

"Was meinen Sie?"

"Ich brauche zuerst einen Gefallen", sagte sie zu ihm.

"Was für ein Gefallen?"

"Würdest du etwas für mich tun? Was habe ich von dir verlangt?"

"Ja. Um dich zu berühren und mit dir zu schlafen, werde ich alles tun."

"Dann setz dich und hör mir zu."

Er setzte sich auf und strich ihr die Haare weg. Er beobachtete jede Bewegung, die sie machte, als sie den Schreibtisch öffnete.

Bridget zog einen großen grünen Umschlag heraus und legte ihn darauf.

"Das ist sehr wichtig. Und ich brauche dein Wort, dass du mir diesen Gefallen tust."

Leonardo hatte sich beruhigt und begann sich zu fragen, welche Hilfe sie wollen würde.

"Ich möchte, dass du das ablieferst."

Sie gab ihm den Umschlag.

Es war sperrig, fühlte sich aber weich an.

"Was ist es?"

"Das ist egal. Wirst du es für mich tun?"

Bridget setzte sich auf seinen Schoß und erlaubte dem Kleid, sich über den großen Schlitz zu öffnen, damit er ihr hellblaues Höschen sehen konnte, das gegen seine Leistengegend gedrückt war.

Er beobachtete sie, als sie sanft nach vorne glitt, so dass ihre Spaltung nachgab und er ihre seidige Haut und die abgerundete Form ihrer Brust sehen konnte.

"Erzähl mir mehr. Wohin werde ich das liefern?"

"Wenn Sie nach Florenz zurückkehren, müssen Sie es mit dem Namen und der Adresse der Person auf dem Etikett ausliefern."

Leonardo sah es an und las es.

"Ich kenne diese Person."

"Ja, ich weiß", antwortete sie und streichelte sanft sein Gesicht mit dem Rücken ihrer Finger.

"Deshalb bitte ich Sie um diesen Gefallen."

Sie brachte ihr Gesicht sanft zu seinem und küsste ihn dann.

Leonardo wollte mehr von diesem Kuss, aber sie legte ihre Finger auf seine Lippen.

"Nicht."

"Also akzeptiere ich. Können wir jetzt miteinander schlafen?"

"Noch nicht. Ich muss sicher sein, dass du das für mich tust."

"Natürlich werde ich es tun."

"Nein. Nicht jetzt und nicht hier."

Ihre schlanken Finger streichelten ihre Lippen, als sie ihn ansah.

Sein Gesichtsausdruck war voller Neugier.

"Wann?"

"Wenn du aus Italien kommst und für dich arbeitest."

"Aber du warst dir vorher nicht sicher. Heißt das, du akzeptierst den Vertrag?"

"Natürlich."

Sie lächelte und küsste ihn dann.

Er umarmte sie und sie bemerkte, dass der Umschlag zwischen ihnen war und zog sich schnell zurück.

"Sie müssen sich darum kümmern. Bewahren Sie es sicher auf, falten Sie es nicht und öffnen Sie es aus keinem Grund."

"Was ist drin?" Ich frage.

"Ein Geschenk." Bridget sagte es ihm.

Sie lächelte und sah in seine üppigen braunen Augen.

* * *

Bereits später kam das Auto zurück.

Der Fahrer parkte und wartete, wo er seine Passagiere in dieser Nacht zurückgelassen hatte, und innerhalb weniger Minuten wurden die Seitentüren geöffnet.

Leonardo wurde von Thomas rausgelassen und drehte sich um, um ihm zu danken.

"Das Vergnügen liegt bei mir, Sir."

Thomas verneigte sich und schloss die Türen.

Leonardo blieb stehen und dachte darüber nach, was in dieser Nacht passiert war und schaute auf den Umschlag in seiner Hand.

Er stieg ins Auto und befahl dem Fahrer, ihn zurück in sein Hotel zu bringen.

3.

Bridget sah zu, wie Thomas die Türen schloss.

Er drehte sich um und ging an ihr vorbei, diesmal kein breites Lächeln; Stattdessen ignorierte er einfach ihre Anwesenheit, als wäre sie nicht da.

"Gut gemacht ... gut gemacht."

Jacky erschien aus dem Nichts und klatschte langsam.

Er blieb im Schatten hinter Bridget zurück.

"Ich denke, das ist ziemlich gut gelaufen, nicht wahr?"

Bridget drehte sich zu ihr um.

Sie war jetzt angezogen und nicht mehr die servile Kellnerin, die sie in dieser Nacht gewesen war.

"Ich habe die Gäste bezahlt. Sie sind bereit zu gehen."

"Ich bin mir nicht sicher, ob das das Richtige ist." Sagte Bridget.

Jacky beugte sich näher, sein Gesicht jetzt sichtbar und mit einem triumphierenden Lächeln.

"Außerdem habe ich noch nie jemanden betrogen."

"Oh? Ich bin sicher du hast recht."

Jacky fuhr mit ihren ausgestreckten Armen zu beiden Seiten von Bridget und stellte sie zwischen sie und die Wand.

"Du wolltest das und zusammen können wir zwei Fliegen mit einer Klappe schlagen. Alles was du tun musst ist zu leugnen, dass du heute Nacht hierher gekommen bist."

"Und der Fahrer?"

"Der Fahrer arbeitet für mich. Sie sehen, alles ist geplant. Alles was übrig bleibt ist ..." Jacky fuhr mit einem Finger durch Bridgets Haar, fuhr weiter über ihre Wange und blieb auf ihren weichen, gescheitelten Lippen stehen. "Alles was bleibt ist deine Stille."

"Es tut mir leid, dass ich das akzeptiert habe."

"Dies ist nicht die Zeit zu klagen. Nicht jetzt, wo wir so weit gekommen sind."

"Was hat Leonardo getan? Warum hasst du ihn so sehr?"

Jacky trat einen Schritt zurück und ihr Gesichtsausdruck veränderte sich.

"Für das, was er meiner Schwester angetan hat. Ich habe versprochen, mich zu rächen, und jetzt habe ich diese Gelegenheit, dank dir zu treffen."

"Und alles was ich tun muss ist zu leugnen, was passiert ist?"

"Ja. Und du bekommst es auch, vergiss nicht. Zwei Vögel, eine Klappe. Rache kann so süß sein, meine liebe Bridget ... so süß."

"Ich brauche ein Taxi. Ich habe genug für eine Nacht." Antwortete Bridget.

Jacky schnippte mit den Fingern und Thomas erschien sofort aus den Schatten des engen Durchgangs.

"Sie haben die Dame gehört, Thomas. Rufen Sie ein Taxi, um sie am Haupteingang abzuholen."

* * *

Bridget kehrte in ihre Wohnung zurück, duschte und ließ sich mit der Videokamera in den Händen auf ihrem Bett nieder.

Zu Beginn seiner Solo-Performance, die er an diesem Nachmittag aufgenommen hatte, spielte er das Videoband erneut ab.

Er schaltete das Musikzentrum mit einer Fernbedienung ein, die weiterhin die Strauss-Musik spielte, die er so sehr liebte.

Sie wollte sich das Band ansehen, aber das Musikstück, das sie spielte, erinnerte sie noch einmal an ihren Vater.

Es war auch sein Favorit.

Erinnerungen an die Zeit, als er auf dem Balkon des Konzertsaals saß und seinem Vater beim Dirigieren des gleichen Stücks zusah, kamen ihm in den Sinn.

Er tat es mit solcher Anmut und Zuversicht und fühlte jeden Teil der Musik und jedes Instrument.

Das Telefon klingelte neben ihm.

Sie weckten sie aus der Rückblende und schauten auf die Zeit.

Es war spät und sie erwartete nicht, dass jemand sie anrufen würde, insbesondere nicht ihre private Privatnummer.

"Hallo?"

"Bridget? Ich bin es, Leonardo", sagte die Stimme.

Sie war überrascht zu sehen, dass er sie so bald wieder kontaktieren würde.

"Wie hast du meine Nummer bekommen?"

"Das ist nicht schwer für mich. Ich musste mit dir reden. Ich kann nicht schlafen."

Sie hörte besorgt zu.

Das musste nicht passieren.

Er kniete auf dem Bett und hielt das Handtuch um sich.

"Hallo Bridget, bist du da?"

"Ja."

"Wie ich schon sagte, ich konnte nicht schlafen. Heute Nacht war so seltsam, dass ich nicht aufhören kann darüber nachzudenken. Du hast eine meiner Schwächen ausgenutzt und niemand hat es jemals zuvor getan, ohne dass ich es ihnen gesagt habe. Ich muss dich sehen."

"Nicht!"

"Hör zu ... leg nicht auf. Bitte lass mich sprechen. Warum ist dieses Geschenk für Angel so wichtig? Warum hast du es mir gegeben?"

"Was meinen Sie?"

"Ich meine, warum musstest du dieses Spiel spielen? Versteh mich nicht falsch, Bridget, ich habe es genossen. Aber es schien, als wäre alles für mich arrangiert. Und ich dachte, es würde mehr geben."

"Es war kein Spiel."

"Dann verstehe ich nicht. Natürlich werde ich Ihnen das Geschenk geben, wenn Sie es wünschen. Und ich hoffe, Sie werden sehr bald für mich arbeiten. Ich werde den Vertrag sofort entwerfen und ihn Ihnen schicken. Aber das ist so lächerlich, warum können wir nicht zusammen sein? Kann ich Sie bitten, mein Auto sofort abzuholen und meine Fetische und Fantasien für heute Abend durchzugehen? "

"Kein Leonardo".

Und sie legte den Hörer schnell wieder auf und schnitt ihn ab.

Er kniete eine Weile nieder und fragte sich, was er tun sollte.

Dies war nicht Teil des Plans.

Es würde nur ein Treffen sein.

Der Nachtclub und das wäre es.

In wenigen Tagen wäre das Ziel erreicht und sowohl Leonardo als auch Angel wären tot.

Und niemand würde jemals wissen, wer es getan hat, und wenn es untersucht würde, würde es ihnen erlauben, damit davonzukommen, wenn sie alles leugnen.

Er lehnte sich zurück und biss sich nervös auf den Daumen. Seine Gedanken rasten vor Bedauern und Schuldgefühlen.

Sie vertraute Jacky ausdrücklich.

* * *

Leonardo saß mit dem Telefon in der Hand in seinem Hotelzimmer.

Das leise Geräusch der getrennten Leitung schnurrte immer noch, als er nachdachte, und dann legte er den Hörer auf und wünschte, Bridget hätte sein Stellenangebot tatsächlich angenommen.

Er wollte sie so sehr und es war lange her, dass er eine Frau wie sie so sehr wollte.

Aber er war auch bereit, ihr seltsames Verhalten zu erklären und zu erkennen, dass sie nur mit ihm spielen konnte, mit seinen tiefsten, dunkelsten sexuellen Gefühlen.

Er rief den Betreiber an und bat um eine direkte Verbindung zu Miguel Ángel Andreotti.

Es würde spät zu Hause sein, aber sie hielt den Anruf jetzt für wichtig.

Nach ein paar Sekunden antwortete Angel direkt.

"Ich bin Leonardo, Leonardo Biscas. Es tut mir leid, dass ich Sie zu einer so späten Stunde störe, mein Freund, aber etwas stört mich ..."

* * *

Bridget posierte natürlich vor der Kamera.

Sie brauchte nicht viele Vorschläge vom Fotografen, da sie sich natürlich schon so verhielt, wie er es erwartet hatte.

Die Seidenkleidung, die sie trug, war in der Form gestaltet, die die Fächerbrise ihr geben sollte, und ihre Form ergänzte sie, indem sie alle richtigen Körperteile vollständig anpasste, wobei das Seidenmaterial gegen ihre Brüste drückte Klar definierte und hervorgehobene Brustwarzen.

"Du siehst fantastisch aus, Baby. OK, das ist gut für heute", sagte der Fotograf.

Sie entspannte sich und ging vom Set weg zu ihrem persönlichen Maskenbildner, der darauf wartete, sie in die Umkleidekabine zu begleiten.

"Morgen zur gleichen Zeit Bridget, bitte."

"Kein Problem." Sie antwortete und küsste ihn leicht auf die Wange.

Als er die Umkleidekabine betrat, saß Leonardo am Schminktisch.

Bridget war überrascht, ihn dort zu finden. "Was machst du hier?"

"Ich habe darüber nachgedacht, dir einen Besuch abzustatten."

"Aber du hättest eigentlich nach Florenz zurückfliegen sollen."

"Ich habe meinen Flug bis zu einem späteren Zeitpunkt abgesagt."

"Du kannst nicht!"

"Aber ich habe es getan. Ich musste dich wiedersehen."

Bridget wandte sich an ihren Maskenbildner, ein schüchternes Mädchen mit Brille, das genauso überrascht zu sein schien wie Bridget, als sie entdeckte, dass Leonardo sich in die Umkleidekabine eingeladen hatte.

"Warum hast du mir das nicht gesagt?" Fragte Bridget ihn.

"Entschuldigung, ich wusste nicht, dass er hier ist."

"Ok, lass uns in Ruhe."

Das Mädchen eilte davon und schloss die Tür hinter sich.

Bridget begann das Outfit zu entfernen, das sie mit dem Rücken zu ihm trug.

Er sah aufmerksam zu, wie sie bis auf ihr weißes Höschen vor ihm völlig blieb.

"Bitte dreh dich um, lass mich dich wenigstens sehen", fragte er.

Bridget umfasste ihre Brüste und drehte sich lächelnd zu ihm um.

Trotz ihres eigenartigen Verhaltens in der Nacht zuvor und immer noch hatte sie es für ihn ein verlockendes Rätsel.

Sie war in seinen Augen eine sehr schöne Frau, völlig unwiderstehlich.

Und Bridget hatte die gleichen Gedanken zu ihm.

Von allen Männern, die sie bisher in ihrem Leben getroffen hatte, war Leonardo der beeindruckendste.

Dieser Mann hatte nicht nur Macht und Reichtum, sondern auch eine immense körperliche Anziehungskraft.

"Warum bist du nicht zu mir gekommen, als ich dich letzte Nacht angerufen habe?" Ich frage.

Er stand auf und ging zu ihr hinüber.

"Ich dachte, unser kleines Spiel hat gerade erst begonnen."

"Ich war müde. Es war ein langer Tag gewesen."

Er nahm ihre linke Hand und zog sie sanft von ihr weg.

Ihre Augen trafen seine Brust und eine Brustwarze, die zeigte, dass sie seine Erektion spürte.

"Und letzte Nacht war nur eine Kleinigkeit, die ich arrangiert hatte. Ich wusste, dass du es genießen würdest. Neben deiner Gunst natürlich."

"Ahhh, ja, das Geschenk für Michelangelo."

Er hob ihre Hand an seine Lippen und küsste ihre Finger.

Sie beobachtete ihn und genoss jedes zarte Lecken seiner Zunge, als seine Augen ihre trafen.

"Miguel Ángel war ein sehr guter Freund meines Vaters", begann er zu erklären. "Es ist nur etwas, was ich von ihm wollte."

"Natürlich."

Seine Küsse bewegten sich mit fixierten Augen über ihren Handrücken und beobachteten, wie sich ihre Augen mit dem Wunsch füllten, den sie auslöste.

"Die meisten Leute packen Geschenke in kleine Schachteln, die in hübsches Papier eingewickelt sind."

"Ich hatte keine Zeit. Ich war sehr beschäftigt."

"Nun, jetzt habe ich mehr Zeit hier, um mit dir zu verbringen. Vielleicht kannst du das Geschenk präsentabler aussehen lassen."

Bridget war erschüttert von seinem undenkbaren Vorschlag und zog schnell ihre Hand zurück.

"Nicht."

"Warum nicht?" Ich frage.

Sie sah ihn an und suchte nach einer Antwort, die sie nicht hatte.

"Gibt es etwas hinter der Sache?"

"Nerd."

"Ich denke, da steckt etwas dahinter. Du versteckst etwas."

"Was hat er versteckt?"

Sie begann sich im Zimmer nach Kleidung umzusehen und fand ihren BH.

Sie fing an, es anzuziehen.

"Warte, lass es mich für dich zuknöpfen."

Bridget hob ihr Haar, als er anfing, die Haarspangen zu befestigen.

Er fuhr mit seinen Fingern sanft über ihre Schulter und seine Berührung ließ sie zusammenzucken, ihre Augen schlossen sich und wollten mehr.

Es war einer der empfindlichsten erogenen Teile ihres Körpers.

Er drehte sie und ihre Lippen trafen sich.

Ein Kuss, den er für sie gesucht hatte, den sie aber nicht leugnen konnte, da sie mit jeder Sekunde leidenschaftlicher wurde.

"Ich möchte, dass du mich fickst", flüsterte sie.

Leonardo hob sie hoch, seine Hände packten ihr Gesäß, als sie ihn umarmte und den Kuss fortsetzte.

Er trug sie zur Kommode, setzte sie darauf und streute den Inhalt zur Seite.

Bridget spreizte ihre Schenkel weit, als seine Hand ihre Leistengegend berührte und seine warme Nässe spürte.

Es gab eine Schere zur Hand, und er nahm sie und schnitt den Bund ihres Höschens an beiden Hüften ab, damit das Material abfallen und ihr Geschlecht bloßstellen konnte.

Dann schnitt er ihren BH zwischen ihre Brüste.

Sie nahm sie in ihren Händen zusammen und drückte sie sanft, damit er sie küssen und saugen konnte, während sie versuchte, ihre Jacke auszuziehen.

Leonardo half ihr und warf sie zu Boden.

Als er sie jetzt offen für ihn sah, hielt er inne, um sie zu genießen.

Leonardo kniete nieder und legte seine Finger auf ihre Vaginallippen.

Sie fühlte, wie er sich von ihr trennte, um ihre schimmernden Blütenblätter zu bewundern und ihre neue rosa Privatdomäne zu öffnen.

Dort vor ihm war alles, was er sich in seinen Träumen vorgestellt hatte.

Dann spürte sie, wie seine Zunge sie schmeckte, warm und durchdringend.

Er leckte ihren kleinen Kitzler, zog sie von ihrer Schutzhaube und sandte Wellen der Ekstase durch sie.

Ihre Fantasie wurde wahr, da sie schon lange fühlen wollte, wie er das tat.

Die Berührung seiner Zunge war genau so, wie sie es sich vorgestellt hatte.

Und als er seinen Finger tief in sie tauchte, ließ sie vor Vergnügen zittern und seufzen.

Er stand auf und mit seinen Armen auf beiden Seiten küssten sie sich leidenschaftlich.

Jetzt wollte Bridget ihr Geschlecht auf ihren Lippen schmecken, da dies alles aufregender machen würde.

Bis zu diesem Zeitpunkt hatten sie noch nie Oralsex gegeben.

Leonardo war der erste gewesen und er wollte es wieder gut machen.

Ohne zu zögern knöpfte sie seine Hose auf und stellte fest, dass sein sehr harter Schwanz zwischen ihre Finger fiel und die Form und die große, sehr dicke und venöse Kontur spürte, mit der er ausgestattet war.

Wieder einmal wurden seine Träume wahr.

Oft hatte sie davon geträumt, seinen Schwanz in ihren Mund zu nehmen.

Neulich im Nachtclub wollte sie an Jackys Stelle sein und die Dinge tun, die sie ihm angetan hatte.

"Bist du bereit es zu tun?" flüsterte er ihr zu.

Obwohl sie bereit war, musste sie noch etwas klären.

"Sei nett", keuchte sie leise. "Es wird mein erstes Mal sein."

Er hielt einen Moment inne und dachte darüber nach, was sie gerade gestanden hatte.

Das hatte er nie erwartet.

Sie war eine der schönsten Frauen der Welt und noch Jungfrau.

Er respektierte sie dafür und anstatt tief und fest zu drücken, erlaubte er ihr, ihn zwischen seine Lippen zu führen und drückte sie langsam nach unten.

Bridget seufzte, als sie spürte, wie er eintrat.

Anfangs war es nicht anders als die Finger, an die er sich gewöhnt hatte.

Dann begann er sanft tiefer zu drücken.

Sie packte seine Schultern und grub ihre Nägel in seine Haut.

"Bist du sicher, dass du bereit bist?" er fragte noch einmal.

"Ja."

"Sag mir, ob es weh tut. Ich will dich nicht verletzen."

"Mir geht es gut. Tut mir nicht leid."

"Es ist nicht nötig, sich zu entschuldigen, Bridget. Ich hätte nie gedacht, dass du eine Jungfrau bist. Diese Tatsache macht diese Zeit für mich nur noch wertvoller."

Sie lächelte, ihre Augen waren sanft geschlossen und sie ließ ihre Haut los.

"Dankeschön."

Leonardo gab ihr einen sanften Stoß und schickte seine Männlichkeit so tief wie möglich in sie hinein.

Wieder packten ihn ihre Finger als Antwort.

Aber es war nicht wegen des Schmerzes, sondern wegen des Gefühls der Fülle und Intimität, das damit einherging.

"Ich verspreche, ich werde nicht in dir abspritzen", flüsterte er leise.

Aber das war ein Wunsch, nach dem sie sich sehnte, aber sie wusste, dass es nicht sehr vernünftig war, sich von ihm zu befreien.

Sie war nicht nur Jungfrau, sondern auch in der Zeit der Reife und Fruchtbarkeit, und diesmal nur zum Vergnügen und nicht zur Fortpflanzung.

Zuerst begann er langsam zu schieben und zurückzuziehen, um ihre Reaktion zu bewerten.

Bridget spürte, wie ihr Orgasmus zunahm, sie begann ihn zu reiten und genoss die Reise zu ihrem Höhepunkt.

Leonardo gab ihm dieses Privileg, als seine Schreie lauter wurden und er wusste, dass er ihren Höhepunkt erreicht hatte, als seine Nägel sich in seine Haut bohrten und sein Körper zitterte.

Für Bridget war es wie kein anderer Orgasmus, den sie jemals zuvor gefühlt hatte.

Diesmal war sie nicht selbst induziert, diesmal war ihr Mantra keine Musik und diesmal waren die Fantasien real.

Und jetzt, anstatt aufzuhören, wurde Leonardo langsamer und ließ die Gefühle in ihr nach.

"Genieße es, mein Schatz", sagte er zu ihr. "Lass mich dich dorthin bringen, wo du noch nie warst."

Jetzt wusste sie, was der Unterschied war.

Leonardo gab ihr einen Orgasmus, der viel länger dauerte als sie gedacht hatte.

Dann stieß er unter der Kraft dieser Leidenschaft an seine eigenen Grenzen.

Er zog sich zurück und sie spürte, wie der warme Rausch seines Samens ihren Nabel traf, als er seine eigene Orgasmusfreigabe in Harmonie mit ihrer stöhnte.

Zusammen begannen sie sich zu entspannen und die Küsse waren nicht mehr inbrünstig, sondern freundlich und liebevoll.

Bridget spürte, wie er sich durch sie beruhigte.

Etwas, das sie für einen besonderen Menschen aufgehoben hatte, war bereits getan worden, und dennoch war Leonardo ihr immer noch fremd.

Und dann flüsterte er ihr etwas zu, das sie zum Nachdenken brachte.

"Ich liebe dich."

* * *

Da war ein Klopfen an der Tür.

"Miss, kann ich jetzt reinkommen?" fragte die Stimme.

Es war ihr Maskenbildner.

Leonardo wandte sich von ihr ab, damit sie anständig werden konnte.

"Ich werde gleich frei sein." Bridget antwortete.

"Der Fotograf will das Studio schließen."

"Sag ihm, er soll ein bisschen warten, ich werde nicht lange brauchen."

Leonardo lächelte und umarmte sie und versiegelte ihre letzten Momente mit einem weiteren langen, bedeutungsvollen Kuss.

4.

Der Raum war dunkel.

Nur von einer rosa Wandleuchte beleuchtet und darunter ein Bett, in dem Jacky nackt lag und vor Vergnügen weinte.

Ihre Handgelenke waren an die Wand gefesselt, ihre Brüste hoben und zitterten, als sie sich widersetzte.

"Oh ja ja!"

Seine Stimme hallte wider, als er in wilder Befriedigung den Kopf hin und her schüttelte.

Und neben ihr war die Sexsklavin, ein muskulöser, junger, dunkler Mann mit saphirblauen Augen, mit seinen Fingern in ihrem Geschlecht, der sie zu einem orgasmischen Höhepunkt streichelte.

Thomas, der Zwergdiener, betrat den Raum mit einem Handy und der Sexsklave zog seine zarten Berührungen zurück.

"Miss Jacky, ein wichtiger Anruf."

Jacky blieb stehen. Ihr Atem war schwer mit einem Ausdruck von Angst im Gesicht.

Sie hasste es, in Momenten extremer Ekstase gehänselt zu werden.

"Wie oft habe ich dir gesagt, du sollst mich nie stören, wenn ich beschäftigt bin?"

"Aber das ist Miss Bridget." Thomas antwortete.

Der Sklave löste seine rechte Hand von dem Armband, mit dem sie gebunden war, damit sie den Anruf entgegennehmen konnte.

"Was willst du, Bridget? Es ist besser dringend."

"Es ist sehr dringend." Bridget antwortete. "Leonardo ist nicht wie erwartet nach Florenz zurückgekehrt."

"Was? Was meinst du damit, dass es nicht wie erwartet zurückgekommen ist? Dies ist keine gute Zeit für dumme Witze."

"Ich mache keine Witze. Er geht nicht."

Jacky setzte sich und entließ seinen Sklaven und Diener.

"Ok. Also erklärst du dich besser. Und es ist besser eine gute Erklärung."

"Ich denke, er ahnt etwas. Er wusste, dass dies eine schlechte Idee war."

Bridget saß in ihrem Wohnzimmer und sah sich das Video an, das sie mit ausgeschaltetem Ton aufgenommen hatte.

"Ich war heute Nachmittag bei ihm und habe ihn gebeten, den Brief zurückzugeben."

"Hast du ihm gesagt, dass es eine Bombe ist?"

"Nein, ich bin nicht so dumm."

"Du meinst, wir haben das alles umsonst gemacht?"

"Ja. Ich habe dir gesagt, es war eine schlechte Idee. Wir hätten niemals so weit gehen sollen."

"Also was machen wir jetzt?" Fragte Jacky.

"Lass mich darüber nachdenken."

Bridget zog schnell den Stecker aus der Steckdose und stellte sie neben sich, als Leonardo den Raum betrat und ihre Hand in seine nahm.

Zusammen sahen sie sich das Video und das Ende an, das sich vor ihnen abspielte.

Bridgets Augen weiteten sich, ein angenehmes Lächeln auf ihrem Gesicht, als sie sich auf dem Bildschirm beobachtete und den Höhepunkt der Musik erreichte.

Dies erfüllte sie mit Gefühlen sexuellen Verlangens, um den Moment noch einmal zu erleben.

Leonardo berührte ihr Gesicht und beobachtete ihren Gesichtsausdruck, als er seine Augen schloss und sanft auf seine Lippe biss.

"Du magst es, dich an dem zu erfreuen, was ich sehe", flüsterte er ihr zu.

Sie nickte als Antwort.

"Und passt du gerne auf dich auf?"

Seine Hand griff nach unten und berührte ihre bedeckte Brust, die Härte ihrer Brustwarze an seinen Fingerspitzen.

"Macht dir Musik Spaß?"

Ihre Augen weiteten sich leicht und sie sah zu ihm auf.

"Das ist mein Ding. Ich war immer mit diesem besonderen Stück zufrieden, solange ich mich erinnern kann."

Leonardo lächelte und beugte sich vor, um sie zu küssen.

Bridget schaltete den Musikplayer ein.

Sie legte sich hin und beobachtete vom Bett aus die nackte Gestalt von ihm, drehte sich um und ging langsam auf sie zu.

Alles beleuchtet durch das gedämpfte Licht der atmosphärischen Kerzen.

Die Musik begann zu spielen und der Raum war voller Geräusche.

Ein weiterer Ihrer Lieblingsklassiker, diesmal von Strawinsky

Sie setzte sich auf seine Hüften, beugte sich vor und küsste seine Stirn und Nase.

Ihre Augen schlossen sich und spürten seine zarten Zuneigungen, als ihre Brüste sanft über seine Brust streiften.

Als sich ihre Zungen verflochten, spürte sie, wie seine Hände ihr Gesäß berührten, ein Finger, der von ihrem Geschlecht und seiner Härte abwich und sie erforschte.

Er setzte sich auf und konnte zum ersten Mal seine Männlichkeit stolz stehen sehen, seine Haut dunkler als die Haut seines Nabels und seines nackten Kokons.

Seine Finger streichelten und fühlten, wie die Adern wie umgekehrte Bäche hervorstanden.

Es war das erste Mal gewesen, dass sie einen solchen Mann berührt hatte.

Er hob seine Hände und drückte liebevoll ihre Brüste.

Das Gefühl seiner Finger an ihren Brustwarzen ließ einen Anflug von Vergnügen durch ihren Körper strömen.

Er hatte das Bedürfnis, etwas zu tun, das bisher nur in seinen Fantasien existiert hatte.

Sie sah zu ihm auf, lächelte und glitt über seine Beine, bis sie in der Lage war, seine Männlichkeit an ihren Mund zu bringen.

Der erste Kontakt mit dem Penis eines Mannes war nicht wie erwartet, aber seine Zunge erkundete jeden Teil seiner Eichel und dann verwandelte sich die Bitterkeit im Geschmack seines Precums in ein weiteres köstliches Gefühl.

Leonardo fuhr sich mit den Händen durch die Haare und stöhnte anerkennend für das, was er tat.

Sie verstärkte ihre Handlungen, nahm ihn tiefer in ihren Mund, saugte und leckte und genoss seine weiche Haut an ihrer Zunge.

Seine Hand drückte fester auf ihren Kopf und ihre Hüften begannen sich mit dem Rhythmus zu beugen, der ihm gefiel.

Ihr Stöhnen wurde lauter, als sie etwas vor sich hin murmelte und plötzlich, ohne Vorwarnung, spürte sie, wie seine warme Ladung ihren Hals hinunterfloss.

Sie hatte keine andere Wahl, als zu schlucken.

Aber mit der zweiten Flut von Sperma konnte sie ihn halten und ihm erlauben, seine Männlichkeit mit einer Mischung zu überziehen, die mit ihrem eigenen Speichel gemischt war.

Sie ließ ihn los und zwang mit ihrer schlanken Hand eine weitere Ladung, die wie weißer Sirup über ihre Finger floss.

Aus irgendeinem Grund schien die Musik nicht mehr wichtig zu sein.

Leonardo hatte diese gewisse Magie ersetzt.

Der Reiz, mit der Musik selbst Liebe zu machen, war in der Realität der Dinge an zweiter Stelle geworden.

Dies war ein richtiger Mann, ein echter Liebhaber und zusammen machten sie ihre eigene Art von Musik.

Im Gegensatz zu den jüngeren Männern, die er in der nicht allzu fernen Vergangenheit jemals im Vorspiel gehänselt hatte, blieb Leonardo bei dem harten Mitglied.

Und anders als früher war sie jetzt bereit, die Intensität des Sex anzunehmen.

Sie wollte die Kontrolle übernehmen.

Langsam schob Bridget seine Männlichkeit auf sie zu.

Sie war nass und dieser Schritt schien jetzt einfacher zu sein, als er drückte.

Er hielt ihre Hüften fest und erlaubte ihr, ihn sanft zu reiten. Mit seinen Fingern berührte sie ihren Kitzler und erzeugte eine Kombination aus Masturbation und dem Gefühl, in ihm zu sein.

Eine Welle von Kribbeln überschwemmte ihre Sinne, als sie den Höhepunkt ihres Orgasmus erreichte.

Der Höhepunkt war enorm und sie entdeckte eine neue Sensation.

Leonardo lächelte sie an.

Er war der attraktivste Mann, den sie jemals gesehen hatte, und jetzt sah er noch köstlicher aus, nachdem er sich einen ihrer wildesten Träume erfüllt hatte.

Sie lehnte sich wieder an ihn und streckte sich in seinen Armen aus, spürte seine Wärme und die Liebkosung seiner Finger, als sie durch seine Haare spielten.

Die Nähe eines Mannes schien nie das Gefühl zu sein, das er jetzt hatte.

Der einzige Mann, der zuvor seine Zuneigung gezeigt hatte, war bisher sein Vater.

Trotz ihrer hypnotischen Schönheit hatte sie sich sexueller Freuden mit anderen beraubt.

Ihre Beziehungen zu Männern in der Vergangenheit wurden ferngehalten, um zu verhindern, dass ihre Versuchungen überhand nahmen.

Manchmal nichts als ein tiefer Kuss ohne Gefühle, der ihnen den Eindruck gab, dass ihr kalt war.

Es war nicht so, dass sie Männer oder Sex hasste.

Es war tiefer als das.

Bridget weinte auf ihre Weise über den plötzlichen Tod des Mannes, den sie so sehr liebte, als ob sie glaubte, dass sie niemand anderem gehören könnte.

Dann ergriffen Selbstliebe und Eitelkeit sie im Laufe der Jahre.

In gewisser Weise gab dies ihr das Selbstvertrauen, zu werden, wer sie war, und Liebe für sich und Musik wichtiger zu machen, als anderswo nach Liebe zu suchen.

Das zufällige Treffen mit Leonardo war eine Gelegenheit für sie, einen Mann zu treffen, den sie seit vielen Jahren bewundert hatte, und auch ein Mittel, um ihren Vater mit Leonardos Freund Miguel Ángel Andreotti zu rächen, von dem sie glaubte, dass er für den verantwortlich war Selbstmord seines Vaters.

Und es war Jacky, der sich einen Plan einfallen ließ, der sie beide zufriedenstellte.

Aber Bridget war sich nicht sicher, ob Leonardo darunter leiden sollte.

Sie hatte ihn bis jetzt noch nie getroffen und zuvor schien es etwas zu sein, das sie teilweise akzeptieren konnte, einen Fremden zu töten.

Jetzt war es anders.

Andreotti war der einzige, den sie tot sehen wollte, um ihren Schmerz zu befriedigen, und nicht Leonardo.

"Ich habe den Umschlag in meinem Hotel, wenn Sie wollen, dass ich nach Florenz zurückkehre", sagte er.

Sie beugte sich neben ihn und fuhr mit ihren Fingern nachdenklich über seine Brust.

"Und ich kann es dir zurückbringen."

"Ja! Ich will dich zurück."

Ihre ehrgeizige Antwort ließ ihn staunen.

"Sag mir, was ist in dem Umschlag? Ich muss es wissen. Behalte es nicht mehr geheim."

"Wie gesagt, es ist ein Geschenk von mir an Miguel Ángel. Nichts Besonderes."

"Das ist interessant, weil ich mit ihm gesprochen und ihm von dir erzählt habe. Es hat einige Zeit gedauert, bis er erkannt hat, wer du bist."

"Y?"

"Er erinnert Sie daran. Die Tochter seines Kollegen, Christopher Baldwin, ein brillanter Dirigent. Es scheint, als hätte er Ihren Vater respektiert."

"Ist das so?"

"Und es scheint, dass du damit nicht einverstanden bist."

Bridget riss die Decke vom Bett und rannte ins Badezimmer.

Das schien genug zu sein, um Leonardo davon zu überzeugen, dass der Umschlag nicht nur mysteriös war, sondern auch das Ganze, zu dem er sich gehört hatte.

Es gab Geheimnisse und Lügen, die das Ganze umgaben, und obwohl er sie respektierte und nach England zurückreisen würde, um sie zu treffen, war er jetzt in etwas verwickelt, das ihr Leben bedrohen könnte.

Er folgte ihr ins Badezimmer.

Sie saß nachdenklich auf der Toilette, als wäre er nicht da.

"Sag mir, was in dem Umschlag ist und ich verspreche, ich werde es zwischen uns behalten. Es wird hier nicht rauskommen."

Bridget sah ihn an und erkannte, wie schlecht alles mit diesem Plan lief.

"Sie dürfen es unter keinen Umständen öffnen."

"Warum? Du musst es mir sagen."

Er kniete sich vor sie und nahm ihre Hand.

"Was ist in dem Umschlag?"

"Es ist eine Bombe".

"Eine Bombe? Was für eine Bombe?"

"Eine Briefbombe. Sie wird explodieren, sobald Angel sie öffnet."

Leonardo stand auf und sah sie ungläubig an.

Die Kühnheit des Vorschlags, dass sie geplant hatte, seine Freundin zu töten, war verheerend, und er sollte der Träger, das Mittel der Lieferung, ihre Erzfeindin sein.

"Du hast geplant Angel zu töten? Aber warum?"

"Wegen dem, was er meinem Vater angetan hat."

"Aber was hat er getan, das war so schrecklich? Ich verstehe nicht."

"Er hat ihn gezwungen, sich umzubringen."

"Wie?"

Bridget erklärte die Zeit, als sie mit ihrem Vater in Paris und Michelangelo war und er einen Streit im Hotelzimmer hatte.

"Mein Vater hat eine Komposition geschrieben, die er ihm beigebracht hat. Ángel sagte, dass die Musik derjenigen ähnlich sei, die er Monate zuvor geschrieben hatte, und beschuldigte meinen Vater, sie plagiiert zu haben. Sie stritten sich lange, kämpften fast und dann sagte Ángel ihm: Wenn er es wagte Sie beim Konzert zu vertreten, würde ihn verklagen. "

"Und die Komposition gehörte Angel?" Fragte Leonardo.

"Ja. Mein Vater hat es modifiziert, aber er hat viele Modifikationen und Verbesserungen daran vorgenommen. So viele, dass er tatsächlich seine eigene Arbeit gemacht hat. Es gab sehr wenig von der ursprünglichen Partitur, die Angel geschrieben hatte."

"Und so?"

"Zwei Tage später dirigierte mein Vater ein Konzert, an dem Michelangelo nicht teilnehmen konnte. Er fügte das zusätzliche Stück hinzu und an diesem Abend wurde es zum ersten Mal gespielt. Mein Vater sagte dem Publikum, dass es seine letzte Komposition war, aber Michelangelo tat es. Er wurde ein Feind und Monate später verlor mein Vater alles, was er hatte. Das Gericht stimmte Angel zu, dass die Komposition ursprünglich seine war. Mein Vater war ruiniert. "

Die Erinnerungen kamen bitter zurück und Bridget begann zu schluchzen, als Leonardo sie festhielt.

"Ich wusste nichts darüber. Angel ist ein sehr zurückhaltender Mann, er hat es mir gegenüber nie erwähnt."

Als er sie festhielt, wurde ihm klar, dass auch er ein Opfer sein würde, wenn er die Briefbombe geliefert hätte.

Es bestand kein Zweifel, dass er bei Angel gewesen wäre, als er es geöffnet hatte.

"Entschuldigung Leonardo."

"Du weißt, dass diese Bombe mich auch verletzt oder getötet hätte, oder?"

Bridget hob ihren Kopf von seiner Schulter.

Er wischte sich die Tränen aus den Augen, als sie ihn beobachtete.

"Ja. Ich hatte Angst vor so etwas, aber dieser Teil des Plans war nicht derjenige, der involviert war."

"Also bist du damit nicht allein?"

"Nein. Ich könnte mir niemals einen solchen Plan ausdenken."

"Also, wer ist noch beteiligt?"

Sie nahm seine Hand und ging mit ihm zurück ins Schlafzimmer.

Zusammen setzten sie sich und sie erklärte über den Nachtclub.

"Es ist nicht mein Verein. Das war ein Weg, dich dorthin zu bringen, damit ich dir den Umschlag geben kann. Und das war die Idee von jemandem, der dich gleichzeitig demütigen wollte."

Leonardo wurde immer verwirrter.

Er wusste, dass Bridget nicht der Typ war, der so weit gehen konnte.

Er ließ sie weitermachen;

"Vor drei Monaten traf ich Jacky, die Kellnerin im Nachtclub. Sie erfuhr von meinem Vater und Michelangelo und wusste, dass ich ärgerlich über das war, was passiert war. Sie fand auch heraus, dass sie versuchte, ein Treffen mit mir zu vereinbaren, um darüber zu sprechen einen Vertrag und auch, wie interessiert sie an dir war. Nun, mehr als interessiert wusste sie, dass sie etwas über dich fühlte. "

Er lächelte und streichelte sanft ihr Gesicht.

"Ist das offensichtlich, dass du mich geliebt hast?"

"Ja. Aus der Ferne wollte ich dich immer treffen, als ich dich das erste Mal sah. Ich habe mich in dich verliebt, denke ich, wenn das möglich ist."

"In diesem Fall sollte ich mich in jede schöne Frau verlieben, die ich sehe."

"Nein, Leonardo, ich meine es ernst. Ich war in dich verliebt. Für mich warst du der schönste Mann, den ich je gesehen habe. Und als ich herausfand, dass du mich finden wolltest, war ich sehr überwältigt."

"Und Jacky? Wo passt sie in all das?"

"Jacky besuchte mich. Er trat als Agent an mich heran und bot mir eine Partnerschaft für ein Projekt an, das ich in den USA plante. Das Versprechen, Fernsehmoderator zu werden, war unwiderstehlich und ich erkannte, dass dies etwas sein könnte, das ich brauchen könnte in der Zukunft. Aber im Laufe der Wochen wurde mir klar, dass sie keine Projekte hatte und dass ihr Interesse an mir für ihren eigenen Zweck war. Sie wollte mich benutzen, um Sie zu kontaktieren. "

"Ich? Soll ich sie treffen?"

"Nein. Aber es gibt jemanden, den Sie getroffen haben, der Sie beide zusammenbringt."

"Wer?"

"Ihre Schwester. Sie und sie lebten zusammen. Sie ertrank bei einem Unfall."

Leonardo stand schnell auf und erinnerte sich plötzlich an diese tragische Nacht in Venedig vor mehr als zehn Jahren.

"Jane! Das kann nicht passieren."

"Sie kannte nicht einmal den Namen ihrer Schwester. Aber was auch immer passiert, Leonardo, sie fühlt, dass Sie für ihr Ertrinken verantwortlich sind. Sie will Sie bezahlen lassen."

"Ich verstehe nicht. Es war nicht meine Schuld."

"Ich kenne nicht alle Gründe, warum sie wollte, dass du stirbst. Aber ich weiß, dass du und Michelangelo enge Freunde geworden sind und Jacky mich überzeugt hat, dass auch ich mich an jemandem rächen kann, den ich so sehr hasse. Aber dann Als ich merkte, wie sehr Sie an seinem Plan beteiligt waren, wollte ich, dass dies endet. "

"Warum hast du es dann getan? Warum hast du es nicht beendet?"

"Weil Jacky eine sehr mächtige und gefährliche Person ist, Leonardo. Sie hat mich bedroht. Ich habe gesehen, was sie mir antun könnte, wenn ich ihr nicht zustimme."

Jetzt wurde es ihm klarer.

Jane war jemand, in den er sich verliebt hatte, aber sie war jetzt in seiner Vergangenheit.

Diese Nacht würde ihm immer in Erinnerung bleiben, da Jane im Hafen von der Yacht ins Wasser gefallen war.

Sie war wütend und betrunken geworden und sie stritten sich.

Sie sagte ihm, dass sie von der Party in ihr Zimmer im Hotel gehen würde und dass er ihr nicht folgen sollte.

Am nächsten Tag wurde seine Leiche gefunden.

Leonardo setzte sich wieder neben ihn auf das Bett und Bridget legte ihren Arm um seine Schultern, diesmal um ihn von seinen traurigen Erinnerungen zu trösten.

"Warst du in dieses Mädchen verliebt?"

"Ja. Sie war alles für mich. Ich war sehr verletzt, als der Unfall passierte, aber es war nicht meine Schuld. Natürlich wusste ich, dass ihre Familie ihre eigenen Ideen hatte. Monatelang drohten sie mir, aber dann hörte alles auf. Ich begann wieder aufzubauen. mein Leben und meine Karriere von da an. Und jetzt das hier. "

"Vertrau mir Leonardo, es tut mir sehr leid."

"Warte. Wenn ich nach Florenz zurückgekehrt wäre, wenn ich hätte, dann ..."

5.

In der Kälte des Herbstmorgens hatte sich ein dichter Nebel an der Mündung niedergelassen.

Der Schlepper schob sich in die Mitte des Flusses, dann stellten die Motoren ab.

Nur das Geräusch der kleinen Wellen, die auf den Rumpf trafen, war zu hören, als Leonardo zum Heck trat und zur Seite schaute.

In seinen behandschuhten Händen war der Umschlag.

Er warf einen letzten Blick darauf und ließ es dann ins kalte Wasser fallen, sah es zuerst schweben und verschwand dann aus dem Blickfeld, als es in den trüben Fluss sank.

Bridget trat hinter ihn und drehte seinen Kopf zu ihr.

"Das ist richtig. Also kann er jetzt keinen Schaden anrichten", sagte er.

Sie umarmte ihn, drückte seinen Arm fest und seufzte erleichtert auf.

Er tätschelte ihre Hand und küsste sie leicht auf den Kopf.

Nur so konnten sie sich vorstellen, die Briefbombe zu entsorgen.

Leonardo wies den Piloten an, zum Hafen zurückzukehren.

Der Nebel begann sich leicht zu heben, als die Morgenluft die Luft erwärmte und der orangefarbene Schein des Sonnenaufgangs auftauchte.

Sie saßen beide auf dem gerollten Schilf.

Bridget verband seinen Arm und kuschelte sich nicht nur vor Wärme, sondern auch vor Zuneigung, als das Boot, das sich langsam bewegte, seinen Weg fortsetzte.

Er sah sie an und hob ihr Kinn, um ihren Augen zu begegnen.

"Ich liebe deine Augen. Du hast wundervolle blaue Augen, die für sich selbst sprechen", sagte er zu ihr.

Sie lächelte ihn an, als er sie beobachtete.

"Ich ertrinke in ihnen."

Sie lachte, kicherte fast und fand seinen Kommentar ziemlich amüsant.

"Ich wette, du sagst das jedem Mädchen, das du triffst."

"Nein, nicht alle. Nur diejenigen, deren Augen so schön sind wie deine."

"Oh. Und wie viele schöne Augen wie meine kennst du bisher?" Sie fragte.

"Unzählige. Aber wirklich, deine sind die schönsten, die es je gab."

"Und du sagst, sie sprechen für sich selbst? Und was erzählen sie dir?"

"Sie sagen mir, dass ich der glücklichste Mann des Augenblicks bin."

Sein Lächeln beruhigte sich ein wenig.

Sie hatte die Bedeutung dessen gespürt, was er sagen wollte, und sie hatte Recht, es zu sagen, weil sie das Glück hatte, dort zu sein, wo sie jetzt war, anstatt nach Florenz zurückzukehren, wie sie es ursprünglich geplant hatte.

"Ich weiß, dass du mir tief in dir niemals verzeihen wirst, dass ich mit dir gespielt habe. Weil ich gelogen habe. Ich habe nichts getan, um dich daran zu hindern, nach Florenz zurückzukehren ..."

Er drückte zwei Finger an ihre Lippen, um sie daran zu hindern, weiterzumachen.

"Still. Du hast etwas getan. Du hast mich gezwungen zu bleiben, nur weil du der bist, der du bist. Ich konnte nicht gehen, ohne dich wiederzusehen."

Trotzdem bezweifelte sie, dass er Recht hatte und fühlte sich innerlich so schuldig.

Um den Moment zu besänftigen, lächelte sie erneut und trat näher, um seinem Kuss zu begegnen.

"Warst du jemals in Aufsehen?"

Sie fragte ihn, nachdem sich ihre Lippen geöffnet hatten.

"Was zum Teufel ist ein Spritzer?"

"Na dann ist es offensichtlich, dass du noch nicht in einem warst."

"Aber ich habe das Gefühl, du bringst mich zu einem, oder?"

Bridget nickte mit einem bösen Lächeln.

Der Schlepperpilot akzeptierte die Zahlung für die Privatreise und die beiden Liebenden stiegen aus und stiegen in das wartende Auto.

Dann erkannte Bridget etwas, auf das sie sich vorher nicht verliebt hatte.

Der Fahrer war derselbe Mann, der sie zum Nachtclub fuhr, und Jackys Worte hallten in seinem Kopf wider.

"Der Fahrer arbeitet für mich."

"Also wo jetzt?" Fragte Leonardo.

Bridget starrte vom Rücksitz auf den Rückspiegel des Fahrers und starrte ihn an.

Sie war entsetzt, als sie bemerkte, dass der Fahrer das bemerkte.

"Bridget? Bist du okay? Du scheinst einen Geist gesehen zu haben oder so."

"Nein! Mir geht es gut. Ich denke, wir sollten jetzt in meine Wohnung zurückkehren."

"Das ist in Ordnung für mich. Dieser Spritzer wird vielleicht später kommen?"

"Natürlich."

* * *

Während der Fahrt durch den Morgenverkehr sah der Fahrer sie von Zeit zu Zeit mit seinem Spiegel weiter an, und Bridget konnte seine Blicke spüren.

Leonardo war sich nicht bewusst, was geschah, aber jetzt war klar, dass ein Gefühl der Gefahr bestand.

Jacky und diejenigen, die für sie arbeiteten, konnten alles tun.

"Fahrer? Dies ist nicht der Weg, den wir gekommen sind." Sagte Leonardo

"Es ist ein Umweg, Sir, dem starken Verkehr zu entkommen", antwortete der Fahrer.

"Es tut mir leid, aber ich bin ein Fremder in dieser Stadt, vergib mir mein Eindringen."

"Das ist in Ordnung, Sir, kein Problem."

Bridget packte Leonardos Hand fest.

"Was geschieht?" Fragte Leonardo.

Sie sah ihn nur besorgt an und hielt sich noch fester.

"Sagen Sie mir?"

"Vielleicht geht es der Dame nicht gut, Sir?" fragte der Fahrer.

"Bridget, fühlst du dich krank?"

Plötzlich beschleunigte das Auto auf einer Zufahrtsstraße, die zu einer Autobahn führte, die die Stadt verließ.

"Entspann dich einfach und ich bringe dich in kürzester Zeit nach Hause", erklärte der Fahrer.

Leonardo begann zu begreifen, dass etwas sehr falsch war.

"Warte. Wohin führt es uns?"

"Nach Hause."

"Dies ist nicht der Weg zu Miss Baldwins Wohnung."

"Habe ich gesagt, es war zu Ihnen nach Hause, Sir?"

"Dreh dich jetzt um!"

"Beruhige dich", antwortete der Fahrer und starrte Bridget nun direkt im Rückspiegel mit einem bösen Grinsen im Gesicht an.

Sie schloss die Augen, als sie Panik verspürte, aber sie kämpfte dagegen an, sie musste stark sein, wieder einmal hatte sie nicht nur Leonardos Leben, sondern auch ihr eigenes gefährdet.

"Mach dir keine Sorgen Schatz, ich werde das beheben, sobald ich kann." Versicherte Leonardo ihm.

Die Reise führte sie aufs Land und zu einem abgelegenen Haus an einer ruhigen Landstraße.

Das Auto bog durch offene Türen in eine Einfahrt ein, und als sie durchfuhren, schlossen sich die Türen automatisch hinter ihnen.

"Wessen ist das?"

"Hier lebt Jacky." Antwortete Bridget.

* * *

Das Haus war groß und erstreckte sich über eine Ebene.

Das Auto hielt am Haupteingang.

In der Nähe parkten andere Autos aller Art, darunter ein markanter grüner Lamborghini.

Der Fahrer öffnete die Türen und Leonardo sprang auf, sah ihn jedoch an, wurde jedoch von zwei Männern in dunklen Anzügen zurückgehalten, die aus dem Nichts zu erscheinen schienen.

Jeder hielt ihn an einem seiner Arme fest.

"Lass mich gehen!"

"Oh bitte, lass uns nicht viel Aufhebens um all das machen."

Jacky verließ das Haus durch die Haustür und ging auf Leonardo zu.

"Lass es fallen, Leute."

"Die Kellnerin. Also treffen wir uns wieder."

"Sehen Sie, ich bin genauso eine Kellnerin wie Sie ein neurologischer Chirurg. Aber lassen Sie uns das jetzt nicht besprechen. Willkommen in meiner bescheidenen Unterkunft, Mr. Biscas, ich habe mich darauf gefreut, Sie wiederzusehen."

Bridget saß nur im Auto.

Der Fahrer lehnte sich gegen die Tür und wartete darauf, dass sie ausstieg.

"Wirst du den ganzen Tag dort bleiben?" Ich frage.

Sie sah ihn an, eilte dann hinaus und schlug die Tür zu.

"Leonardo, es tut mir leid, dass das passieren musste."

"Mach dir keine Sorgen, Bridget, es scheint, als ob Jacky sehr entschlossen ist, mich als Gast zu haben." Er sah Jacky an und lächelte ihn an. "Ich hoffe wir sind willkommen."

"Natürlich. Es gibt ein wenig unfertiges Geschäft, um das man sich kümmern muss. Bitte gehen Sie hinein."

Im Haus schien riesig.

Sie folgten ihrer Gastgeberin in einen Raum, der mit erotischen Gemälden an den Wänden und einem großen Fenster geschmückt war, das sich von Wand zu Wand erstreckte und einen Rasen überblickte, der so aussah, als würde er ewig dauern.

Die Morgensonne betrat den Raum und machte ihn luftig und hell.

"Bitte fühlen Sie sich wie zu Hause. Thomas wird Ihre Mäntel abholen."

Thomas, der Zwergdiener, wartete darauf, dass Leonardo und Bridget ihre Mäntel auszogen, und verließ dann den Raum mit ihnen über einem Arm.

Leonardo sah zu, wie der kleine Mann ein wenig darum kämpfte, die Tür hinter sich zu schließen.

"Sie haben eine seltsame Art, Ihre Gäste einzuladen."

"Das tut mir leid. Aber nur so wusste ich, dass du hier sein könntest. Würde es dir etwas ausmachen, ein paar Limonaden zu trinken? Vielleicht etwas Frühstück?"

"Nein danke, wir haben schon gegessen." Bridget antwortete.

"Du hast ein sehr schönes Haus, Jacky." Leonardo sagte es ihr.

"Ja, das ist es. Es ist eine Schande, dass Sie sie vor zwölf Jahren nicht besuchen konnten." Jacky antwortete.

"Oh ja, ich wurde von Jane eingeladen, aber ich hatte andere Dinge zu tun."

"Warum sind wir hier, Jacky?" Fragte Bridget und unterbrach das Gespräch, um weitere falsche Missverständnisse zu vermeiden, die wieder auftauchen könnten.

"Nun, ich dachte, ein bisschen Spaß könnte relevant sein."

"Was du meinst ist, dass du mich töten willst?" Sagte Leonardo.

Jetzt hatte er sich daran gewöhnt, dass beide entführt worden waren.

"Habe ich das gesagt?" Fragte Jacky. "Sie haben wirklich eine sehr geringe Meinung von mir, Leonardo. Ich bin sehr enttäuscht von Ihnen."

"Er weiß von der Briefbombe, Jacky." Erklärte Bridget.

"Und du hast ihm alles über unseren kleinen Plan erzählt, denke ich."

"Alles was ich wissen musste."

"Weißt du, das war ein wirklich guter Plan, wenn ich es selbst schaffen kann. Und es ist eine Schande, dass es nie passiert ist. Und Bridget, du warst das schwächste Glied."

"Also hast du vor, Spaß mit uns zu haben?" Fragte Leonardo. "Wie die andere Nacht?"

"Du hast es genossen."

"Vielleicht habe ich es getan. Ich liebe die Liebkosungen einer schönen Frau, besonders eine, die mich wie Sie enden lässt. Und an der Empfindung Ihrer Finger konnte ich auch erkennen, dass Sie es auch genossen. Ihre Hand zitterte, vielleicht mit der Ich möchte, dass unser Spiel weiter geht. "

Jacky lächelte und ging zu Leonardo.

Sie fuhr mit dem Finger über seinen Oberschenkel und blieb an seiner Leiste stehen.

"Ich liebe es, wenn ich einen Mann kommen lasse. Es gibt mir ein Gefühl der Kontrolle und Dominanz über ihn."

"Wie jemand anderes, den ich einmal kannte." Antwortete Leonardo lächelnd.

"Ja. Aber diese andere Person hat in sein Tagebuch geschrieben, was du ihm angetan hast."

"Sie wollte diese Dinge. Sicher kannst du das verstehen."

"Worüber redet ihr zwei?" Fragte Bridget. Sie fühlte sich von der Unterhaltung ausgeschlossen und wollte mit der sich entwickelnden Situation Schritt halten.

"Jane und Leonardo". Jacky antwortete.

"Welche Sache?"

"Unsere kleinen privaten Spiele". Leonardo antwortete.

Er und Jacky waren in Augenkontakt geraten, als würden sie unter Ausschluss anderer mit den Köpfen kommunizieren, aber sie befanden sich einfach in einem Zustand verbaler Verbesserung und warteten darauf, dass sie einen weiteren Kommentar abgaben.

"Ich habe die letzten Einträge in deinem Tagebuch gelesen." Erklärte Jacky. "Was war der Streit in der Nacht, als du sie über die Seite der Yacht geschoben hast?"

"Ich habe sie nicht gedrängt. Sie hat die Gruppe verlassen, um zu unserem Hotelzimmer an Land zurückzukehren. Dann ist sie aus irgendeinem Grund geblieben, betrunken und hat sich über das Geländer der Yacht gelehnt."

"Das wollen Sie, dass wir glauben."

"Das ist die Wahrheit. Und sowieso wird das, was sie in ihr Tagebuch geschrieben hat, reine Fantasie sein. Wie du, Jacky, hatte sie eine sehr wilde Fantasie."

"Warten!" Bridget hob die Hand und schnitt sie ab. "Können wir hier eine Einigung erzielen? Vergessen Sie die Vergangenheit und den gesamten Plan? Hören wir auf, darüber nachzudenken."

"Ist es das was du willst?" Fragte Jacky lachend.

"Ja. Es war alles verrückt und ich denke auch, dass dies außer Kontrolle gerät."

"Genau." Leonardo antwortete.

"Nicht ich. Hast du Angel schon vergeben?"

"Ich war dumm." Bridget antwortete. "Ich habe übertrieben. Und außerdem wurde noch niemand verletzt."

"Ok, lass es uns dann ablegen. Aber ich muss noch etwas tun."

Jacky läutete viermal eine kleine Messingglocke und Thomas kehrte zurück.

"Ja Ma'am?"

Er verneigte sich und stellte sich neben seine Geliebte.

Das breite Grinsen war wieder auf seinem Gesicht aufgetaucht, das Bridget bereits kennengelernt hatte.

Thomas hatte etwas Unartiges an sich, so dass er es immer mochte, Teil von Jackys kleinen Spielen zu sein.

"Hast du den speziellen Raum schon vorbereitet?"

"Sie ist bereit."

"Gut. Dann denke ich, ist es Zeit, ein bisschen Spaß zu haben. Werden Sie mir bitte beide folgen?"

Leonardo sah Bridget fragend an.

Sie schüttelte als Antwort den Kopf und beide folgten ihrer Gastgeberin und ihrem Diener aus dem Raum.

Sie führte sie die Treppe hinunter, die in den Keller und dann in einen anderen Raum führte.

Im Inneren war der Raum wie ein Verlies dekoriert.

An den kalten grauen Steinmauern baumelten Fesseln, ein Käfig, der groß genug für zwei Personen war, und ein OP-Tisch aus Edelstahl, an dessen einem Ende Steigbügel angebracht waren.

An einer Wand befanden sich Schließfächer mit Peitschen, Ketten und verschiedenen anderen Instrumenten des Schmerzes und des Vergnügens.

"Mein Gott! Ich hätte das erwarten sollen." Murmelte Leonardo.

"Beeindruckt?" Fragte Jacky lächelnd.

"Er sollte sein?"

Das war nichts Neues für Bridget.

Tatsächlich hatte sie die Idee, Leonardo an einen ähnlichen Ort zu bringen, obwohl er vielleicht nicht so feindselig oder kalt war.

Es war ein Ort, den ihre Freunde zum privaten Vergnügen hatten; schlagen und peitschen.

Aber das war etwas entmutigenderes, skandalöseres.

Zuvor hatte sie nur andere gesehen, die sich solchen Handlungen hingaben.

Der Vorschlag, den ich ihm machen wollte, war, ein bisschen damit zu experimentieren. Nichts anderes.

"Jane hat diesen Raum geliebt. Bist du überrascht, Leonardo?" Fragte Jacky.

"Nicht wirklich."

"Als dieses Haus für uns gebaut wurde, hatte sie dieses Zimmer für ihre Freunde bereit. Also hat sie dich natürlich getroffen, Leonardo." Seine Stimme hallte von den Wänden wider, als er sprach und um Leonardo herumging, als würde er ihn wiegen. "Dann habe ich herausgefunden, was sie hier gemacht hat. Ihre Spiele. Ich habe schnell gemerkt, dass meine Schwester etwas seltsam in ihrem sexuellen Geschmack ist. Ich dachte, ich könnte sie sogar selbst ausprobieren, wenn ich älter werde. Und so fühle ich die Art von Vergnügen." das hat er genossen. "

"Y?" Fragte Leonardo.

"Genieß es".

Jacky setzte sich auf einen Hocker und ging zu einem der Fesseln.

Er nahm das Armband in die Hand und fühlte das kalte Metall zwischen seinen Fingern.

"Ich habe gelernt, das Vergnügen zu genießen, das man durch Schmerz und Folter bekommen kann."

"Kann jemand erklären, warum wir hier sind?" Fragte Bridget

"Natürlich. Ich werde euch beide dieses Vergnügen teilen lassen." Jacky ging zu Bridget und fuhr mit seiner Hand sanft durch ihre Haare. "Habe ich Bridget nicht versprochen, dir einige Dinge zu zeigen? Ich denke, du bist jetzt bereit. Bist du sicher, dass du und Leonardo zusammen Sex hatten?"

"Ja." Bridget antwortete.

Ihre Augen wanderten zu Leonardo, als er Jacky anstarrte, als er die silbernen Knöpfe nacheinander vom Schultergurt von Bridgets Kleid löste.

"Was tun Sie?"

"Ich bereite dich vor."

Jacky fuhr mit dem anderen Riemen fort, bis die Vorder- und Rückseite des Kleides abfiel und Bridgets schwarzen Spitzen-BH freilegte.

Und ein sanfter Ruck schickte das Kleid an ihre Knöchel.

Leonardo beobachtete weiter, während Bridget in ihrer Unterwäsche blieb.

Schwarzer Tanga und Strümpfe, die von einem Strumpfgürtel getragen werden, der die Weichheit ihrer rosa, fast makellosen Haut ergänzt.

"Habe ich dir jemals gesagt, Bridget, du machst mich richtig geil?" Fragte Jacky.

Seine Stimme war jetzt fast ein Flüstern, als er in Bridgets blaue Augen starrte, die eine gewisse Angst in sich hatten.

Bridget sah Leonardo an und fragte sich, ob er damit aufhören würde, als Jacky ihren BH von vorne lockerte und ihre festen Brüste frei ließ.

"Was für wundervolle Brüste du hast Bridget. Ich liebe dich."

Jacky nahm sanft ihre Titten und hielt sie fest; Er fuhr mit den Daumen sanft über jede Brustwarze und beobachtete, wie sie ihre maximale Erektion erreichten.

Bridget schloss die Augen und fühlte Jackys kalte Hände.

Sie war noch nie zuvor von einer anderen Frau so berührt worden und irgendwie fühlte sich das Gefühl seltsam, aber angenehm an.

"Mach dir keine Sorgen, ich werde dich nicht verletzen. Ich spiele nur mit dir."

"Warum tust du das?"

"Weil ich es dir versprochen habe. Erinnerst du dich nicht?"

Jacky drehte sich zu Leonardo um und lachte ihn aus.

"Schau ihn an? Er liebt es zu sehen. Ich wette, sein Schwanz ist gerade hart und möchte erleichtert werden. Wusstest du, dass Leonardo es liebte, gleichzeitig zuzusehen und gelutscht zu werden?"

"Hör jetzt damit auf." Leonardo antwortete.

"Warum sollte ich das tun?"

"Bridget, wirst du mir jetzt sagen, dass du nicht willst, dass das weiter geht?" Ich frage.

"Was ist, wenn ich nein sage?" Bridget antwortete resigniert. "Wirst du tun, um zu verhindern, dass das, was du willst, passiert?"

6.

Bridget stand vor der glatten grauen Wand.

Die Metallmanschette des Schäkels schloss sich um ihr Handgelenk, als Leonardo zurücktrat und seine Hand über ihr nacktes Gesäß fuhr.

"Ich verspreche, ich werde dich nicht festbinden", sagte er zu ihr.

Sie vertraute ihm, aber gleichzeitig konnte sie nicht glauben, wie weit er damit ging.

Als er sich umdrehte, zeigte Jacky mit einer kleinen Pistole zwischen seine Finger.

"Warte! Jetzt bist du dran, Leonardo. Zieh dich aus."

"Ich glaube nicht, dass diese Waffe gebraucht wird."

"Nun, ich fühle mich sicherer, dass sie mir gehorchen werden." Jacky antwortete, indem er den Abzug drückte.

"Du vertraust mir nicht, oder Jacky? Du musst mich so sehr hassen."

"Ich hasse dich nicht. Ich spiele einfach gerne mit dir", lächelte er.

Leonardo begann sich langsam auszuziehen, als Jacky auf einem Hocker saß und zusah.

Er konnte sehen, dass sie es nicht gewohnt war, eine Waffe zu benutzen, wie sie sie hielt.

Obwohl es klein und leicht war, schien es schwer in seiner Hand zu sein.

Sie sah zu, wie er sich auszog und es genoss.

Bridget versuchte zurückzublicken, ihre Arme ein wenig locker und an den Fesseln aufgehängt.

"Es macht mir nichts aus, deine Spiele zu spielen, Jacky, aber das ist verrückt", kommentierte sie.

"Nicht wirklich. Du bist nicht an Herrschaft gewöhnt, das ist alles."

"Eine Waffe? Das ist keine Herrschaft. Das ist Wahnsinn."

"Nennen wir es einfach ein neues Spielzeug. Und beängstigender macht es das Spiel interessanter, findest du nicht?"

Als Leonardo nackt war, stand Jacky auf und ging zu ihm hinüber.

Er richtete die Waffe auf seine Brust und schob sie dann über seinen Nabel und dann an die Spitze seiner Männlichkeit, sprang und drohte.

"Jetzt verstehe ich, warum Jane dich so sehr mochte", sagte sie zu ihm. "Sehr interessant ist, was du da unten hast."

"Ich bin so froh, dass es dir gefällt." Leonardo lächelte.

Er hatte Angst tief in sich selbst, aber er wollte es verbergen, um Jacky nicht zu zeigen, dass er absolut die Kontrolle hatte.

Aber sie war eine Expertin, wenn es um Angst geht und wie Männer sich bemühen, unter diesem Druck mutig zu sein.

Für sie war das Teil des Spiels.

"Sehen Sie die Peitsche dort drüben im Schrank?"

Leonardo schaute und sah eine rote Lederpeitsche am Griff eines Hakens im offenen Schrank hängen.

Es hatte viele Schwänze, die fast einen Meter lang waren.

"Finde es heraus."

Er ging zum Schrank und zog ihn heraus, und als er mit den Schwänzen zwischen seinen Fingern fuhr, wurde ihm klar, was es bedeutete.

"Fühlt sich gut an, nicht wahr, Leonardo?" Fragte Jacky.

"Wenn ja".

"Jane hat es geliebt, oder?"

"Sie wollte es. Sie hat mich gebeten, es zu tun."

"Nein. Sie hat dich gebeten aufzuhören, aber du hast es in dieser bestimmten Nacht nicht getan, oder? Stattdessen hast du sie weiter geschlagen und geschlagen, bis ihr Rücken zu bluten begann. Du hast sie über die Kante geschoben."

"Das ist nicht wahr, Jacky", antwortete er, drehte sich zu ihr um und bemerkte die Qual in ihren Augen.

"Sie wollte immer mehr. Sie hat mich dazu gebracht. Sie sagte, sie würde mich verlassen, wenn ich es nicht täte. Ich liebte sie so sehr, dass ich es nicht ertragen konnte. Also ging ich weiter, bis sie ohnmächtig wurde."

"Das sagt er nicht in seinem letzten Beitrag."

"Ich habe es dir gesagt. Sie hat nichts als Fantasien in ihr Tagebuch geschrieben."

"Also, worüber haben Sie zwei gestritten?" Jacky stand dicht neben ihm und forderte.

"Es ging nicht darum. Es ging um seine neuen Ideen und das konnte ich nicht akzeptieren."

"Welche Ideen?"

"Sie wollte mich mit einem anderen Mann außer mir teilen. Und ich wollte sie mit niemand anderem teilen."

"Folgen..."

Leonardo begann seine Geschichte zu erzählen:

"Wir kamen zur Party auf der Yacht und begannen uns unter die anderen Gäste zu mischen. Das Kleid, das sie trug, verbarg diese schrecklichen Beulen auf ihrem Rücken, aber es sickerte immer noch eine Blutspur durch die Kleidung. Ich sagte ihr, dass die Party es getan hatte Es war eine schlechte Idee und dass wir zurück ins Hotel gehen sollten. Sie war anderer Meinung und begann mit diesem Mann zu sprechen, den wir einige Tage zuvor auf dem Festival getroffen hatten. Ich beobachtete sie beide. Sie fanden einen ruhigen Ort abseits der Menge und er begann damit Er bemerkte die dunklen Blutflecken in den Kleidern und fragte ihn offensichtlich danach. Dann sah ich, wie sie mich ansahen und wie sie beide lächelten und miteinander flüsterten. Ich stellte mir vor, wovon sie sprachen."

Bridget hörte aufmerksam zu.

Und jetzt wusste sie auch, was Jacky für sie und Leonardo in diesem Verlies geplant hatte.

Leonardo fuhr fort:

"Im Laufe der Nacht wurde Jane langsam betrunken. Der Mann war immer noch bei ihr. Dann kam er zu mir zurück und sagte, dass sie ihn eingeladen hatte, später zum Spaß in unser Hotelzimmer zurückzukehren. Diesmal wollte sie etwas mehr als Schmerz. Sie wollte, dass wir beide sie gleichzeitig ficken. "

Jacky sah ihn an.

Sein Gesicht war traurig über die Erinnerungen.

"Und offensichtlich hast du nein gesagt?"

"Ja. Ich sagte ihr, die Idee sei verrückt und sie sagte, sie würde gehen. Ich wusste, dass ich diesen Mann im Auge behalten könnte, wenn sie alleine gehen würde. Stellen Sie sicher, dass er ihr zumindest nicht folgt."

"Also wann ist sie gegangen ...?"

"Niemand wusste, dass er noch da war und auf dem Deck auf sein Taxi wartete. Dann passierte es und niemand wusste es, bis ich zurück ins Hotel kam und unser Zimmer leer fand. Ich dachte, er hätte endlich die andere Person getroffen, also nein Ich dachte an nichts weiter. Dann am Morgen ... "

"Ich glaube dir immer noch nicht."

Leonardo holte tief Luft und sah sie an.

"Das habe ich nicht erwartet."

"Dann ist es Zeit für dich, diese Nacht noch einmal zu erleben. Die Momente im Hotelzimmer vor der Party." Jacky drehte sich zu Bridget um. "Da ist sie. Die Frau, die du so sehr liebst, um zu verletzen und zu foltern."

"Nein! Bridget ist anders."

"Wirklich? Das ist noch besser. Ich kann es genießen zu sehen, wie du sie bestrafst."

Bridget fing an, gegen die Fesseln zu kämpfen, aber die Handschellen waren um ihre Handgelenke geschlossen.

"Du kannst mich nicht dazu bringen, Jacky!" Sie schrie. "Bitte lass ihn das nicht tun, bitte."

Ihre Schreie hallten verzweifelt an den Kerkermauern wider.

"Ich werde es nicht tun." Leonardo antwortete.

Jacky sah ihn an und richtete die Waffe auf sein Gesicht.

"Ja, das wirst du. Es ist ein Geschenk für euch beide. Es ist ein Geschenk für ihr Leben."

"Hast du vor, uns beide zu töten, wenn ich mich weigere?"

"Damit hätte ich kein Problem."

"Und wie weit soll ich gehen, Jacky?"

"Bis zum Ende".

Leonardo ging zur Wand, wo er Bridget erwischte.

Er konnte sie weinen hören, erfüllt von Angst vor dem Schmerz, den sie bereits erwartet hatte, und Entsetzen, dass es Leonardo war, der ihn ihr verabreichen würde.

Dann erkannte sie in sich selbst, dass sie es vielleicht verdient hatte, ihn und Angel zu töten, und dann hörte ihr Weinen auf.

"Ich liebe dich, Leonardo", murmelte sie, ihr Gesicht gegen die Wand gelehnt und mit ihren Tränen befleckt. "Und ich werde dir vergeben."

"Ich kann dich nicht absichtlich verletzen, Bridget. Verstehst du das?"

"Ja. Aber vielleicht habe ich es verdient. Deshalb werde ich dir vergeben."

"Nein. Du hast es nicht verdient." Seine Finger zeichneten die Linie ihrer Wirbelsäule. "Das ist nicht dein Ding, aber ich bin schwach." Er drehte sich um und sah Jacky an, setzte sich auf und richtete die Waffe immer noch auf ihn, ein Lächeln auf ihrem Gesicht. "Schwach, weil ich dazu gezwungen bin."

Er trat auf halbem Weg zwischen Jacky und Bridget zurück und peitschte in der Hand.

Dann trat er zur Seite und spürte sein Gewicht. Er schätzte den Schwung, der nötig war, um den ersten Treffer zu erzielen.

Er sah zur Tür und hob langsam den Arm.

"Ich sehe, du bist bereits ein Experte mit der Peitsche. Okay, das könnte Spaß machen." Jacky kommentierte.

In seinem Gesicht war ein Ausdruck der Konzentration und er sah Jacky aus dem Augenwinkel an.

Die Peitsche flog in die Luft.

Nicht gegen Bridget, sondern gegen Jacky.

Die Schwänze schlangen sich sofort in einem gewundenen Griff um ihren Hals und überraschten sie.

Die Pistole fiel zu Boden und Leonardo bückte sich, um sie aufzuheben, als Jacky vom Hocker fiel.

"Bastard!"

Jacky schnappte nach Luft.

Die Schwänze der Peitsche hatten sich so fest zusammengerollt, dass sie seine Atmung fast einschränkten.

Leonardo stand auf und zeigte auf sie, hielt die Waffe in beiden Händen.

"Wie fühlt sich das jetzt an?" Ich frage.

"Verpiss dich!" Sie antwortete und entwirrte die Schwänze.

Sie hatten rote Flecken um seinen Hals hinterlassen, wund, aber ohne Anzeichen von zerkratzter Haut.

Sie setzte sich auf und warf die Peitsche von sich weg.

"Nein, Jacky. Vielleicht bin ich derjenige, der dich jetzt ficken sollte. Die Tür ist geschlossen und niemand kann etwas außerhalb oder über uns hören."

"Leonardo! Bitte nicht!" Schrie Bridget.

"Du wirst es nie lebend herausfinden." Warnte Jacky. "Tu was du willst, aber es wird das letzte sein. Für euch beide."

Er trat zurück zu Bridget und öffnete eine der Manschetten, um sie zu befreien, damit sie die andere selbst entfernen konnte.

"Tu mir einen Gefallen." Bridget rieb sich die Handgelenke und sah ihn an. "Geh nach oben und bitte Thomas, sich uns anzuschließen."

"Nein Warum sollte ich?"

"Wir müssen hier raus."

"Du wirst ihn nicht verletzen, oder?"

"Ich werde es nicht versuchen."

Bridget rannte zur Tür und öffnete sie.

Sie war total nackt, aber es kümmerte sie nicht mehr.

Er rannte die Treppe hinunter und fand die Wohnzimmertür offen.

"Thomas!" Sie hat angerufen.

Er wartete.

Eine Pistole in seiner Hand zeigte auf sie und dieses unverwechselbare Lächeln auf seinem Gesicht.

Sie bemerkte den Fernseher und er zeigte die Vision des Verlieses.

Thomas hatte alles bequem von einem Sessel aus beobachtet.

7.

Thomas legte die Waffe auf den niedrigen Tisch und sah Bridget an, die vor ihm stand.

"Mach dir keine Sorgen, Miss Bridget, es ist nicht geladen", sagte er.

Seine Augen erforschten jeden Zentimeter ihres nackten Körpers mit Bewunderung.

"Hast du uns angesehen?"

"Ja. Und aufnehmen. Die Dame nimmt gerne alles auf. Es gibt überall in diesem Haus versteckte Kameras."

"Du musst uns helfen, hier rauszukommen."

"Es tut mir leid, Miss Bridget, aber Sie werden der einzige sein, der geht."

"Was meinen Sie?"

Thomas lächelte und sein Blick fiel auf jemanden hinter ihr.

Er drehte sich um, spürte aber nur einen scharfen Schmerz in seinem Gesäß, der wie Feuer zu brennen schien, und das Gesicht eines der Leibwächter, der mit durchdringenden blauen Augen von hinten spähte.

"Was..."

"Süße Träume, Miss Bridget ... süße Träume."

Thomas 'Stimme schien durch den Raum zu hallten, um seinen Kopf herum, als sich das Gesicht des Leibwächters in seinem Sichtfeld verzog.

Ein Gefühl der Ruhe überkam sie und plötzlich schien alles um sie herum zu einem grauen Nebel und einer angenehmen Stille zu verschmelzen.

* * *

Die Limousine fuhr langsam in die Seitengasse.

Die Dunkelheit der Nacht zwang den Fahrer, die Straße mit den großen Scheinwerfern zu beleuchten, und hielt dann am Ende an.

Zwei stämmige Gestalten tauchten auf der Rückseite des Wagens auf und trugen einen trägen Körper, den sie dann vorsichtig in einen Stapel Plastikmüllsäcke stopften.

Der Körper versank in ihnen und verschwand fast, als sich die Taschen unter ihrem Gewicht um ihn schlossen.

Die Gestalten zogen sich zurück und kehrten, so leise sie ausgestiegen waren, zum Auto zurück.

Er ging die Gasse hinunter und von dort weg.

* * *

Die Morgendämmerung verbreitete ihr Licht in der ganzen Stadt.

Der Müllsammler ging die Länge der Gasse entlang und überprüfte die Taschen, die zu dem Fahrzeug gebracht werden mussten, das am Anfang der Gasse auf der Straße wartete.

Er ging zu den Müllsäcken und trat sie, um ihr Gewicht zu überprüfen, aber ein dünner Arm fiel schlaff auf ihn zu.

"Heilige Scheiße!" er rief aus.

Bei näherem Hinsehen stellte er fest, dass der Arm einer Frau gehörte.

Sie trug einen Mantel und ihr langes braunes Haar bedeckte den größten Teil ihres Gesichts.

Mit seiner behandschuhten Hand strich er ihr Haar beiseite und sah sie an.

"Oh Leute! Hilf mir!" der Schrei.

* * *

Bridget öffnete die Augen.

Das blasse Grün der Decke war das erste, was er sah, als seine Augen scharf wurden, gefolgt von einem ständigen Piepton, der sein Herzschlag gewesen sein musste.

Sie lag auf einer Matratze und fühlte keinen unmittelbaren Kummer, aber es gab ein inneres Gefühl von Angst und Bewusstlosigkeit, das sich abzeichnete, als der Rest ihrer Sinne zu erwachen begann.

"Wo bin ich? Jemand hilft mir."

"Es ist in Ordnung."

Es war die Stimme einer Person, die sich ihr näherte, und dann sah sie das Gesicht von jemandem, der sie mit einem Lächeln ansah.

Die vertraute Form der weißen Mütze der Krankenschwestern gab ihm Sicherheit.

"Bleib ruhig, Schatz, alles ist in Ordnung."

"Wo bin ich?"

"Du bist in Sicherheit. Versuche ruhig zu bleiben, alles ist in Ordnung." Die Krankenschwester fuhr mit den Fingern über Bridgets Gesicht. "Du bist im Stadtkrankenhaus und alles wird gut."

"Leonardo? Wo ist Leonardo?"

"Ich werde nach dem Arzt schicken. Bitte bleiben Sie ruhig."

* * *

Bridget lag im Krankenhausbett und starrte den Arzt an.

Sein reifes, aber wunderschönes Aussehen ließ sie sich sicher fühlen, zumindest als sein Stethoskop ihre Brust berührte.

Die Krankenschwester war hinter ihm und schickte ihm ein beruhigendes Lächeln, das ihm sagte, dass alles in Ordnung und in Ordnung sei.

Er schaute auf ihre festen Brüste und richtete die Brustwarzen auf, als er sich zurücklehnte, also schloss er langsam seine Kleidung, um sie zu bedecken.

"Es wird gut, Miss. Alles scheint normal zu sein."

"Aber ich kann mich immer noch nicht erinnern, wie ich hierher gekommen bin", sagte sie zu ihm.

"Alles wird rechtzeitig zu dir zurückkehren. Alles was du jetzt tun musst ist Ruhe."

"Ich erinnere mich an den Namen einer Person, das ist alles. Ich kenne nicht einmal meinen eigenen Namen."

"Wäre der Name dieser Person Leonardo?"

"Ja. Aber ich weiß nicht genau, wer er ist. Alles, was ich in meinem Kopf sehen kann, ist sein Gesicht und sein Name, aber sonst nichts."

"Wie ich schon sagte ..." Er legte seine Hand sanft auf ihre, "... all das wird zu dir zurückkehren. Ruh dich jetzt aus und gib dir Zeit."

Der Arzt lächelte ihn an und stand auf.

Sein großer Körper überragte sie und sogar den der kleinen Krankenschwester an ihrer Seite.

"Wir haben andere Dinge überprüft, die ihm hätten passieren können. Zumindest scheint es, dass er nicht sexuell angegriffen wurde, was für Sie eine Erleichterung sein sollte."

"Ja. Aber es würde mir auch helfen, mich daran zu erinnern, wie ich überhaupt hierher gekommen bin."

"Nun, ich denke, ich könnte etwas Licht ins Dunkel bringen", fuhr die Krankenschwester fort. "Obwohl sie fast nackt war, als sie dich in der Gasse fanden, war der Mantel, den sie trug, ein sehr teures Designerlabel. Und auf der Innenseite war ihr Name aufgenäht."

"Mein Name?"

"Ich erinnere mich nicht, ob Bridget Baldwin wie du aussehen soll, aber das war der Name auf der Innenseite des Mantels. Ein Supermodel, wenn ich mich richtig erinnere?"

Die Erwähnung des Namens Bridget gab ihr tief im Inneren ein Gefühl von Wärme.

Obwohl es sein eigener Name war, erkannte sein Gedächtnis ihn nicht als solchen, obwohl sein Klang etwas in seinem tiefsten Bewusstsein auszulösen schien.

"Sie haben einen Besucher, Miss", erklärte die Krankenschwester. "Polizeiinspektor Robert Harris. Aber ich schlage vor, Sie sprechen nur mit ihm, wenn Sie sich gut genug fühlen."

"Genau", antwortete der Arzt. "Er muss sich ausruhen. Er kann später mit dir reden."

"Nicht." Bridget setzte sich. "Ich möchte es jetzt sehen".

"OK. Aber bitte sie zu gehen, wenn es dir zu stressig ist, okay?"

"Mach dir keine Sorgen, ich werde."

Die Mediziner gingen und für einen kurzen Moment sah Bridget Bilder durch ihren Kopf gleiten.

Erinnerungen erwachten in ihr, als würde Leonardos Gesicht sie ansehen, als er sein Glied in sie stieß.

Sie fühlte es so real.

Dann verblassten die Bilder wieder so schnell wie sie kamen, als die Tür zu ihrem Zimmer geöffnet wurde.

"Oh mein Gott! Ich kann es nicht glauben", sagte der Mann mittleren Alters und starrte sie an. "Ich bin Bobby Harris." Er hielt sein Abzeichen hoch und bestätigte, wer er war, obwohl es zu weit weg war, als dass sie es klar sehen konnte. "Sie sind Miss Baldwin. Ich wusste es."

Harris zog einen Stuhl hoch und setzte sich ans Bett.

Bridget sah ihn an und spielte mit seinen Worten in ihren Gedanken. "Sie sind Fräulein Baldwin."

Sein Gesicht leuchtete mit einem Lächeln auf, als er ein Notizbuch aus seiner Jackentasche zog und die Seiten durchblätterte.

"Entschuldigung? Hast du gesagt, ich wäre ...?"

"Das stimmt. Du bist Bridget Baldwin. Das Supermodel."

"Wirklich?"

"Sie können darauf wetten. Ich weiß, dass Sie gerade Probleme mit Ihrem Gedächtnis haben, aber der Arzt sagte, dass es sich allmählich erholen würde. Also dachte ich, hierher zu kommen, um mich vorzustellen, war das Richtige. Ich hoffe, es macht Ihnen nichts aus, Miss."

"Nein, es stört mich nicht".

Die Nachricht von seiner Identität verblüffte sie.

· Sie begann mit ihren Gedanken anzunehmen, wer sie wirklich war.

Und zu denken, wie ein Supermodel wie sie, das nur einen Mantel und sonst nichts trug, in eine Gasse geworfen werden konnte.

"Nur um es noch einmal zusammenzufassen. Erinnerst du dich an etwas?" Ich frage.

"Ja. Nur eine Person."

"Und wer könnte diese Person sein, wenn ich fragen darf?"

"Leonardo".

"Ein Mann? Erinnerst du dich an einen Mann namens Leonardo? Sonst noch etwas?"

"Das war's. Nichts mehr."

Der Inspektor sah sie an.

Ihre Kleidung hatte sich leicht getrennt, als sie vom Bett aufstand und die kurvige Form ihrer Brüste enthüllte und sein Blick auf sie fiel.

"Weißt du nicht wer dieser Mann ist?"

"Nein. Alles was ich weiß ist sein Name und ich kann sein Gesicht sehen, das mich in meinem Kopf anstarrt."

"Beschreibung?"

"Er ist schön ...".

Für einen kurzen Moment kamen Erinnerungen an ihn zurück, als er sie liebte.

"...er ist..."

"Ja?" fragte der Inspektor.

Ihre Augen sahen sich das offene Kleid genauer an.

Jetzt konnte er die schwache Andeutung ihrer Brustwarze sehen, aber er bemerkte sofort, dass sie ihn ansah, während er sich von ihrer spontanen und aufregenden Erinnerung erholte.

"Ich denke, er ist jemand, den ich sehr gut kenne."

"Aha." Er blätterte in seinem Notizbuch und fand dann, wonach er suchte. "Könnte diese Person Leonardo Biscas sein?"

"Vielleicht. Ich bin nicht sicher. Wer ist er?"

"Okay, Miss Bridget. Ich werde es vorerst dabei belassen."

"Wenn ich mich an mehr erinnere, werde ich Sie wissen lassen, Inspektor."

"Gut. Eine letzte Sache, bevor ich dich ruhen lasse? Erinnerst du dich an jemanden namens Michelangelo Andreotti?"

"Nein, tut mir leid, ich kann mich nicht erinnern, jemals diesen Namen gehört zu haben." Sie antwortete.

"Es ist in Ordnung."

Der Inspektor stand auf, legte seine Hand auf ihre Schulter und dankte ihr für das kurze Interview.

Von seinem Standort aus konnte er mehr von ihren Brüsten unter dem teilweise offenen Gewand sehen.

Er lächelte und sagte ihr, dass er bald zurück sein würde.

Doch bevor er die Tür hinter sich schloss, fragte sie ihn:

"Kannst du mir nicht ein paar Informationen über mich geben? Ich muss wissen, wer ich bin!"

"Es tut mir leid, Miss Baldwin. Der Arzt sagte, Sie würden sich besser erholen, wenn Sie nicht zu überrascht wären. Ich möchte die Dinge nicht verärgern. Wir sehen uns sehr bald wieder."

8.

Der schnelle Besuch des Inspektors ließ Bridget nachdenken.

Es gab immer noch nichts, woran er sich festhalten konnte, um sein verlorenes Gedächtnis am letzten Tag wiederzugewinnen.

Und nachts, während er schlief, konnte er nur träumen, dass Leonardo ihn immer wieder liebte.

Die Krankenschwester betrat den Raum und sah zu, wie sie im Schlaf stöhnte und sich windete, wobei sie jeden Moment des Ereignisses klar in ihren Gedanken nacherlebte.

Die Krankenschwester bürstete sanft Bridgets Haar, damit sie sich zu beruhigen begann.

Seine Zunge leckte ihre Lippen, als wollte er die Lippen seines Traumliebhabers küssen und streicheln.

Dann ging sie noch einmal still und flüsterte wiederholt den Namen "Leonardo", bis sie in einen stillen Schlaf fiel.

Am nächsten Tag nahm Bridget ein beruhigendes Seifen- und Wasserbad, während sie sich mit einem Badehandschuh wusch.

Plötzlich erinnerte er sich an etwas, als ob es aus dem Nichts käme.

"Leonardo?" sie flüsterte vor sich hin.

Andere Dinge kehrten in rascher Folge zu ihr zurück; Jacky und das Haus, der Kerker, seine eigene Wohnung.

Sie kam aus der Wanne und schnappte sich schnell die Robe.

"Krankenschwester!"

Sie bedeckte sich mit ihrer Robe und betrat panisch ihr Privatzimmer.

Die Krankenschwester starrte sie an und nahm sie sanft an den Armen.

"Bridget? Was ist los?"

"Ich habe mich an alles erinnert. Ich muss jetzt hier raus!"

"Es gibt keine Möglichkeit, die du kannst. Du musst dich noch ausruhen."

"Nein! Ich muss jetzt gehen. Leonardo ist in Gefahr! Nimm meine Kleidung!"

"Ihr Agent hat sie noch nicht hereingebracht. Erst heute Nachmittag."

"Dann such mir noch einen! Ich brauche jetzt Kleidung!"

Der Arzt trat ein und rannte zu Bridget.

Zusammen hielten er und die Krankenschwester sie fest und setzten sie auf das Bett.

"Miss Baldwin, bitte versuchen Sie sich zu beruhigen. Das ist nicht gut für Sie."

"Aber ich muss hier raus. Leonardo ist in Gefahr, er braucht meine Hilfe."

"Nein, im Moment kann er nicht anders. Er muss sich entspannen."

Der Arzt bedeutete der Krankenschwester, auf ein Tablett neben dem Bett zu schauen.

"Ich werde dir etwas geben, um dir zu helfen, dich zu entspannen."

"Nein, bitte, ich muss jetzt gehen. Bitte, ich bitte dich, mich gehen zu lassen."

Die Krankenschwester spülte das Injektionsmittel, während der Arzt Bridgets Arme hielt.

Sie sah die bedrohliche Nadel auf sich zukommen und weinte.

"Nein! Nein, bitte tu mir das nicht an!"

Dann traf sie ein scharfer Schmerz im Oberarm, als die Krankenschwester die Medizin verabreichte.

Innerhalb von Sekunden hatte sich Bridget beruhigt.

Ihr müder Körper legte sich auf das Bett, als der Arzt und die Krankenschwester sie beobachteten.

* * *

Die Aufzugtüren schlossen sich mit einem fast leisen Zischen.

Inspektor Bobby war drinnen, als der Aufzug hochfuhr, hörte leise Jazzmusik über die Lautsprecher und sah sich die Fotos an den drei Wänden des Aufzugs der Modelle an, die die Agentur passiert hatten.

Er sah einen von Bridget und lächelte vor sich hin.

Dann klingelte es und die Türen an der Rezeption öffneten sich.

Eine Reise, die in den dreizehnten Stock geführt hatte.

"Guten Tag, Calvin Creative Art, kann ich Ihnen helfen?" fragte die Rezeptionistin.

Sie sang die Worte fast, als wäre es ein Lied, das sie gelernt hatte.

Bobby holte sein Abzeichen heraus und sah die kleine Blondine an.

Sie lächelte ihn mit geröteten Lippen an.

"Ich bin hier, um Mr. Calvin zu sehen. Inspektor Harris, Stadtpolizei."

"Danke, nehmen Sie Platz, Sir."

Er nickte höflich und setzte sich auf einen der vielen leeren Sitze. Er betrachtete die unterschiedlich großen Porträts von Models an den Wänden und suchte nach etwas mehr von Bridget.

Die Rezeptionistin sah ihn schüchtern an und versuchte, nicht zu viel Aufmerksamkeit zu erregen, aber Bobby hatte bereits bemerkt, dass ihre dünnen, glatten Beine unter dem Schreibtisch hinter dem Saum eines engen Rocks verschwanden.

Er versuchte, ihr Alter zu erraten, aber es war schwierig, da das Make-up, das sie trug, einen falschen Eindruck hinterließ.

Es gab ein Summen.

"Mr. Calvin wird Sie jetzt sehen, Sie können hereinkommen."

Bobby stand auf, ging zur Tür und klopfte zweimal, bevor er eintrat.

Die Rezeptionistin sah aufmerksam aus und beide tauschten ein Lächeln aus.

Burt Calvin, der an seinem Schreibtisch saß, sprach mit jemandem am Telefon.

Das Stadtbild hinter ihm durch das große Bürofenster zeigte an, wie groß sie waren.

Calvin bedeutete dem Inspektor, sich zu setzen und mit dem Finger zu winken.

"Nein, das kann ich nicht akzeptieren und du kennst die Gründe warum."

Calvin sprach arrogant am Telefon.

"Ich habe nicht die Angewohnheit, Millionen von Dollar in den Abfluss zu werfen. Löse es!"

Er legte auf und sah Bobby an, stand dann auf und bot seine Hand über den Schreibtisch.

Calvin war ein großer Mann, mindestens einige Zentimeter größer als Bobby.

"Willkommen Inspektor Harris." Bobby schüttelte seine Hand und spürte seinen starken Griff. "Was kann ich für dich tun? Kann ich dir etwas zu trinken anbieten?"

"Nein, mir geht es gut. Ich habe gerade zu Mittag gegessen. Dies ist eines Ihrer Modelle, Miss Baldwin."

"Oh ja, Bridget. Ich kann nicht verstehen, was dort passiert ist. Die Situation ist so mysteriös, nicht wahr?"

"Ziemlich." Antwortete Bobby. "Sie können verstehen, warum die Polizei Ermittlungen durchführt, stelle ich mir vor. Nicht jeden Tag wird ein berühmtes Supermodel entdeckt, das in einer Seitengasse abgeladen ist." Calvin bot ihm eine Zigarette aus einer silbernen Schachtel an. "Nein danke, ich versuche aufzuhören."

"Also wie kann ich dir helfen?"

"Sie kennen Miss Baldwin sehr gut, denke ich? Nicht nur als ihre Agentin?"

"Ja. Wir kennen uns schon seit einiger Zeit. Ich denke viel an sie. Ich habe mich immer nach besten Kräften um ihre Bedürfnisse gekümmert." Calvin antwortete.

"Für eine lange Zeit?"

"Ja. Wir haben uns gleich nach dem Tod seines Vaters getroffen. Ob Sie es glauben oder nicht. Im Internet besaß er eine der Websites, die er häufig besuchte, und wir wurden sehr gute Freunde."

"Das habe ich schon entdeckt. Hast du sie dort auch als Model entdeckt?"

"Eigentlich. Aber das ist in diesem Fall irrelevant. Wie kann ich dir helfen?"

Bobby holte sein Notizbuch heraus und blätterte durch die Seiten.

"Wann hast du sie zuletzt gesehen?" Seine Notizen schienen nicht in Ordnung zu sein, als er sie durchsuchte. "Oh ja, es war vor fünf Tagen, richtig? Ich habe hier eine Notiz, die besagt, dass ihr zwei einen Streit hattet."

"Entschuldigung, ich erinnere mich nicht an einen Streit mit ihr. Wo genau?"

"In einem Nachtclub, Los Duendes. Ich habe es heute Morgen untersucht. Seid ihr zwei noch sehr nah?"

Wir sind Freunde, ja. Das war kein Argument, Inspector. Wir waren uns einfach nicht einig, wie es scheint, dass wir es immer tun. Sie folgte nicht meinem Rat, eine bestimmte Person nicht zu kennen. Ich muss auch auf ihre Interessen achten dein Wohlbefinden ".

"Natürlich." Bobby lächelte. "War diese Person ein Werbefachmann aus Italien? Ein Mr. Leonardo Biscas?"

"Ja. Meiner Meinung nach ist es kein guter Schachzug für ihre Karriere. Aber sie vergöttert diesen Mann und es könnte ein gewisses Interesse an diesem Treffen gegeben haben."

"Hast du jemals Biscas getroffen?"

"Manchmal ja. Tatsächlich hatte eines meiner Modelle vor vielen Jahren einen unglücklichen Unfall. Sie starb. Leonardo Biscas war zu dieser Zeit mit ihr zusammen und war in ihren Tod verwickelt." Calvin zeigte auf ein Porträt an der Wand eines dunkelhaarigen Mädchens. Bobby sah auf und schaute auf das Bild. "Sie war eine wichtige

Bereicherung für uns. Es war ein trauriger und großer Verlust, wie ich mir vorstellen kann, dass sie versteht."

"Sehr gut. Ich meine, das Mädchen war sehr hübsch. War sie Jane Carrington?"

"Ja. Erinnerst du dich an sie?"

"Nicht." Antwortete Bobby. "Auf der anderen Seite sehen sie für mich alle gleich aus. Ich bin der Modebranche bis jetzt noch nie gefolgt. Ich nehme all diese Magazine und sie sehen einfach aus wie lebende Schaufensterpuppen." Bobby hustete und bemerkte, dass Calvin von seinem Kommentar nicht sehr beeindruckt war.

"Kann ich Sie etwas fragen, Inspektor? Haben Sie eine Idee, wie Sie in diese Gasse gekommen sind?" Fragte Calvin und erlaubte einen Themenwechsel.

"Noch nicht. Aber ich werde es irgendwann tun."

"Glaubst du, Leonardo Biscas hatte etwas damit zu tun?"

"Interessant, dass ich es erwähne. Glaubst du, ich hätte es haben können?"

"Weil ich sollte?"

"Ich dachte du hättest vielleicht einen Grund ..."

"Nein. Es war nur ein Gedankengang." Calvin antwortete schnell.

Bobby nickte und lächelte.

"Sie haben von hier aus einen schönen Blick auf die Berge. Ich liebe den Blick. Haben Sie diesen Büroraum wegen der Aussicht absichtlich gewählt?"

"Nicht wirklich. Gibt es noch etwas, bei dem ich dir helfen kann?"

"Haben Sie Miss Baldwin heute Abend im Krankenhaus abgeholt?"

"Ja. Sie ist besser dran mit mir und ich habe dafür gesorgt, dass sie sich in meinem Haus ausruht. Der Arzt sagte mir, dass sie ihr Gedächtnis wiedererlangt. Leider ist sie im Moment ein wenig frustriert. Verwirrt. Ihre Fantasie spielt ihr auch einen Streich. aber sie versicherten mir, dass dies normalerweise passiert, wenn Menschen Amnesie überwinden."

"Natürlich. Natriumpentathol hat diesen Effekt."

"Wenn ja".

"Gut. Ich schätze Ihre Zeit, Mr. Calvin."

Bobby stand auf und beugte sich vor, um ihm erneut die Hand zu schütteln.

Calvin blieb sitzen und drückte diesmal fester.

"Ich melde mich bald bei dir."

"Immer bereit, etwas Licht in diese ungewöhnliche Situation zu bringen."

"Ich hoffe es, Mr. Calvin. Es ist eine sehr ungewöhnliche Situation."

* * *

Bobby kehrte in sein Büro im Hauptquartier der Stadtpolizei zurück.

Ein Schreibtisch, ein Stuhl, zwei Aktenschränke und ein Computerterminal waren alles, was er in einer geteilten Kabine hatte.

Er wollte eine Zigarette rauchen, wünschte er, als er eine Packung auf einem der Schränke betrachtete, aber eine Stimme sagte ihm: "Wagen Sie es nicht!"

Bobby drehte sich um und sah seinen Partner, einen jungen Geheimdienstoffizier, der ihm seit sechs Monaten zugeteilt wurde, mit der Gelegenheit, sich als Ermittler zu beweisen.

"Scheiße! Es ist jetzt fast sechs Stunden her." Antwortete Bobby.

"Ihre Frau wird mir nicht danken, wenn ich Sie das tun lasse", fügte der junge Offizier hinzu. "Außerdem sagst du, es waren sechs Stunden. Aber wer weiß, du hättest eine ganze Packung rauchen können, während du weg warst."

"Carl, du musst lernen, mir zu vertrauen. Hast du etwas gefunden?"

Carl schob seinen Chef sanft beiseite und nahm die Computertastatur.

"Du wirst es lieben. Auch für den Porno-Inhalt, wenn nichts anderes."

"Du hast eine gute Meinung von mir, denke ich."

"Ja, aber du siehst aus wie ein schmutziger alter Mann im Polizeikostüm."

Als Antwort winkte Bobby sanft mit dem Ohr seines jüngeren Partners.

Dann wurde der Bildschirm mit Bildern von Bridget Baldwin zum Leben erweckt.

"Da haben Sie es. Diese Seite ist alt. Sie wurde seit mindestens drei Jahren nicht mehr aktualisiert."

Die Bilder waren von Bridget.

Sie posiert in mehreren Nacktaufnahmen, fast pornografischer Natur, und zeigt deutlich ihre schönen intimen Eigenschaften.

Bobby saß in einem knarrenden Stuhl und blätterte durch die Fotos.

"Hat sie das getan, bevor sie berühmt wurde?"

"Nun, es ist überhaupt nicht schlecht. Gutes Aussehen." Carl antwortete. "Auf diese Weise steigen die Modelle nach oben."

"Ich frage mich, warum sie sie nicht ausgezogen hat."

"Die Website gehört Calvin Arte Creativo. Es ist eine tote Website, wenn es um Nachrichten geht, aber die Adresse ist immer noch aktiv, wie Sie sehen können."

"Und eine Seite mit freiem Zugang auch?" Fragte Bobby

"Ja. Es wurde mit einer Chat-Site verknüpft, die jetzt eingestellt wird."

"Interessant! Carl, nimm dir den Rest des Tages frei."

"Warum kann ich nicht zusehen, wie du eine Zigarette herausziehst, meinst du?"

9.

Bridget biss in ein Stück Brot und sah die anderen am Tisch an.

Calvin saß an der Spitze des Tisches und spielte seine Rolle als Patriarch der Familie mit seiner Frau Gaby an seiner Seite aus.

Der Schlag des Stahls gegen das Porzellan der Teller war das einzige Geräusch, das zu hören war, wenn die Familie in absoluter Stille aß.

Calvins zwei Töchter im Teenageralter sahen sich und dann Bridget an, als würden sie ein Geheimnis voreinander bewahren.

Sie fühlte sich fehl am Platz, eingeladen, sich gegen ihre Wünsche zu stellen und sich dazu zu zwingen.

Weil er in Gedanken wusste, dass es einen anderen Ort gab, an dem er sein musste.

"Alles in Ordnung, Bridget?" Fragte Calvin und nahm einen Schluck Wein.

"Ja, danke. Ich bin nicht sehr hungrig." Er antwortete mit einem Lächeln.

Die beiden Mädchen lachten und verstummten dann, als Calvin sie streng ansah.

"Ich denke ich muss mich hinlegen."

"Müde?" Ich frage.

"Du hast viel durchgemacht." Gaby kommentierte. "Sie müssen erschöpft sein. Aber Sie können sich ausruhen, während Sie ein paar Tage hier sind. Das ist sehr ruhig."

"Vergib mir." Bridget stand vom Tisch auf und ging.

Calvin nahm den Duft ihres Geruchs wahr, als sie an ihm vorbeikam, seine Süße genoss und seine Sinne verwöhnte.

Er schwelgte in dem Wissen, dass sie ihm nahe war, jetzt unter seinem Dach und in seinem Haus.

Etwas, das er immer gewollt hatte, da sie nicht nur eine Freundin war, sondern auch jemand, den er bewunderte und liebte, seit sie sich trafen.

Sie war auch jemand, von dem er träumte und der mit ihm liebte, aber er konnte nie den Mut haben, sie zu fragen.

Nach dem Abendessen entschuldigte sich Calvin bei seiner Familie, den Tisch zu verlassen.

Er stieg die alte lackierte Eichentreppe hinauf, ging zum Gästezimmer und klopfte leise an die Tür.

"Voraus."

Die Antwort, die ich wollte und die wie eine Einladung in den Himmel war.

Er ging in den Raum und stellte fest, dass Bridget auf dem Bett lag und im sanften Licht der Nachttischlampe an die Decke starrte.

Der beruhigende Klang einer klassischen Oper spielte im Hintergrund.

Er schloss leise die Tür und setzte sich dann neben sie.

"Wie fühlst du dich?" Ich frage.

"Ich fühle mich gut." Antwortete Bridget, ohne ihren Blick zu verändern.

"Ich hoffe, es hat dich nicht gestört, dass ich dich hierher eingeladen habe? Ich dachte, es wäre das Beste. Ich kann sie sich um dich kümmern lassen und dich beschützen." Seine Hand berührte ihre Schulter und lief entlang der Linie ihres Kleides zu ihrer Brust. "Weißt du, wie ich mich für dich fühle?"

"Ja." Sie zog seine Hand weg und drehte sich von ihm weg auf die Seite. Er fühlte sich abgelehnt. "Ich schätze deine Freundlichkeit, aber du hast andere Gründe."

Er stand auf und ging zur Tür, dann blieb er stehen.

"Du weißt, wie ich mich für dich fühle. Ich kann nicht aufhören, dich zu lieben. Du hast dich einmal genauso gefühlt, aber du hast deine Meinung aus einem mir unbekannten Grund geändert. Ich wünschte, ich wüsste, was dieser Grund ist."

"Du machst mir Angst", antwortete sie.

"Aber warum? Ich habe dich nicht einmal dazu gebracht. Ich habe dich nie verletzt oder wollte dich verletzen."

"Du bist so besitzergreifend. Ich mag ihn nicht. Ich habe es nie getan."

"Du bedeutest mir viel. Ich würde alles für dich tun. Alles."

"Dann lass mich Leonardo finden."

"Willst du nach Italien gehen? Weil er dort jetzt ist."

"Ich glaube an keinen von euch. Ich weiß, dass er immer noch hier ist, in diesem Haus. Vielleicht in Gefahr."

"Sie können die Polizei fragen. Ich bin sicher, sie haben das Haus durchsucht." Er kehrte zu ihrer Seite zurück. "Das muss man glauben. Ich habe es selbst überprüft. Er ist heute Morgen nach Rom geflogen. Wie kann ich Sie dazu bringen, das zu glauben?"

"Du kannst nicht, niemand kann. Ich weiß nur was ich weiß."

"Du erholst dich immer noch von dem, was passiert ist. Der Mann hat dich verlassen, er hat dich in einer Gasse sterben lassen für das, was wir wissen. Was passiert ist, dass du dich nicht daran gewöhnen kannst."

Bridget drehte sich zu ihm um.

Tränen liefen ihr über das Gesicht, und Haarsträhnen waren auf ihre Wangen geklebt, die Calvin versucht hatte, sanft wegzuwischen, wagte es aber aufgrund ihrer möglichen Ablehnung nicht.

"Schatz, ich werde morgen früh zwei meiner Männer schicken, um das Haus zu überprüfen. Ich verspreche es."

"Bis dahin ist es vielleicht zu spät. Es kann sogar jetzt noch zu spät sein."

"Schatz, ich kann nur unter diesen Umständen tun, was ich kann. Der Arzt sagte, dass Sie diese Rückblenden haben würden und dass einige von ihnen nicht einmal real wären. Ich habe die Biscas-Situation überprüft und das ist alles, was wir wissen."

"Für mich war es echt. Ich weiß, dass es echt war."

"Vielleicht." Calvin lächelte und hob seine Hand, um ihr Gesicht zu berühren. Bridget beobachtete ihn und spürte, wie sich seine Finger sanft gegen ihre feuchte Haut bewegten. "Ich liebe dich Bridget", flüsterte er.

Sie fühlte sich von ihm angezogen.

Drinnen liebte sie ihn auch, aber nicht körperlich.

Ihre Liebe zu ihm wurde geboren, als er ihren Seelen erlaubte, über das Internet über die Terminals ihrer Computer, die Hunderte von Kilometern voneinander entfernt waren, zu berühren.

Sie liebten sich hundertmal so zärtlich und romantisch.

Aber nachdem sie sich physisch getroffen hatten, konnte sie nicht so intim sein.

Calvin war davon frustriert, weil er seine verzweifelten Wünsche wirklich erfüllen wollte.

Alles, was er wollte, war, sie wirklich zu lieben, sie zu berühren und zu schmecken, wie er es sich in der Vergangenheit vorgestellt hatte, und sie vor allem in seiner Nähe zu fühlen.

Ihre Lippen berührten sich wie zuvor.

Der Kuss wurde leidenschaftlich, aber dann zog sich Bridget zurück.

"Nicht!" Sie zog sich zurück und verlangsamte ihn.

"Was geschieht?" Ich frage. "Warum tust du mir das immer wieder an?"

Sie hob die Hand und legte sie an die Lippen.

"Ich kann nicht". sie flüsterte, Leidenschaft lief immer noch durch sie hindurch, aber unfähig die Antwort zu vervollständigen, die sie wollte und er wollte so sehr. "Ich ... ich ..."

"Was? Ist es, weil du in meinem Haus bist?"

"Nein. Ich habe dich enttäuscht. Ich habe mein Versprechen gebrochen", antwortete sie.

"Versprechen? Welches Versprechen?"

Sie sah ihn an und er begann wie immer in ihren verblüffenden blauen Augen zu ertrinken.

"Ich habe Leonardo meine Jungfräulichkeit nehmen lassen", sagte sie zu ihm.

Er war überrascht.

Aber dieses Versprechen war kein Versprechen, das er für real hielt.

Er bezweifelte von Anfang an ihr Geständnis, dass sie nicht berührt worden war.

"Das ist nicht wichtig. Wichtig ist, dass wir jetzt zusammen sind."

Bridget lehnte sich zurück, nahm seine Hand und legte sie auf ihre Brust.

Er konnte die Härte ihrer Brustwarze unter dem Kleid spüren und sein Herz begann zu pochen, als sie ihn ansah.

Ohne zu zögern kletterte er auf sie und setzte den leidenschaftlichen Kuss fort, den sie zuvor begonnen hatten.

Bridget antwortete, indem sie ihre Arme um ihn schlang und ihn näher zog.

Seine Hand fuhr über die Form ihrer Taille und Hüften, bis er den Saum ihres Kleides und das warme Fleisch ihres Oberschenkels fand.

Sanft spürten seine Finger diese Wärme und Weichheit, als sie sich über ihre Haut bewegten.

Sie konnte die tiefe Leidenschaft in seinem Kuss spüren und plötzlich überquerte sie die Barriere der Unsicherheit, jetzt wollte sie, dass er es fühlte, sich mit ihr zufrieden fühlte.

Der Kuss endete und sie sah zu ihm auf und fuhr sich mit beiden Händen mit den Fingern durch die Haare.

Sie wollte ihn verschlingen und verzehren.

Die Berührung seiner Finger an ihrer Leiste ließ ihren Rücken kribbeln, was ihr sagte, dass alles in Ordnung war und dass es kein Ende gab, was passieren konnte.

Calvin zog mit beiden Händen an ihrem Höschen, zog sie über ihre weichen Beine und legte sie beiseite.

Der süße Duft ihres Geschlechts traf seine Nase, als er zu ihrem sorgfältig beschnittenen Hügel aufblickte.

Sie sah zu und wartete, bis er seine Beine weiter spreizte und langsam seinen Kopf zwischen ihnen senkte.

Das Gefühl seines Atems gegen sie ließ sie immer tiefer in seine leidenschaftlichen Wünsche versinken.

Dieser Moment war sicherlich gekommen, von dem er so oft geträumt hatte.

Ihre Schamlippen teilten sich, sanft geöffnet durch die Hitze und doch die kalte Nässe ihrer Zunge.

Seine Empfindungen nahmen zu.

Er leckte sie und drückte sie mit sanfter Kraft, schmeckte und streichelte ihren Kitzler mit seiner Zunge und zog sie näher an sich heran, als er nach mehr schrie.

Die Klitoris war einer der empfindlichsten Teile ihres Körpers.

In wenigen Minuten bemerkte sie, wie ihr Orgasmus ohne mögliche Bremse kam.

Calvin konnte seine Ekstasenschreie nicht aufhalten, als er die Bettdecke mit den Fingern drückte.

Es bestand die Gefahr, dass ihre Familie sie schreien hörte und sie alarmierte.

"Baby ... hör auf ... hör auf ..."

Er hob sie hoch und umarmte sie und hielt sie fest.

"Shhhhhhh ... bitte"

Sie begann sich zu beruhigen, normalisierte sich wieder und hörte seine flüsternde Stimme.

"Burt ... hör mir zu", keuchte ihre Stimme in seinem Ohr. "Ich habe so lange darauf gewartet ..."

"Ich weiß. Ich verspreche, ich komme später wieder. Es ist jetzt zu riskant. Ich muss gehen; Gaby und die Mädchen werden sich fragen, wo ich bin. Wir wurden beide mitgerissen."

Bridget lehnte sich zurück und sah ihn an.

Als sein Finger über ihre Lippen glitt, biss sie hinein und saugte spielerisch daran.

"Ich werde warten", flüsterte sie.

Sein Körper prickelte, jeder Nerv endete überempfindlich gegen seine Berührungen, gegen seine Anwesenheit.

Später konnte er nicht früh genug kommen, da sie nicht allein im Haus waren und seine Familie seine Privatsphäre bedrohte und obwohl er ihn dort haben wollte, hatte er etwas Wichtigeres im Sinn.

* * *

Bobby lehnte sich in seinem Stuhl zurück und betrachtete die Zigarettenschachtel auf seinem Schreibtisch.

Die Versuchung war groß, aber seine Willenskraft war stärker.

Sie hörte auf, es anzusehen, öffnete die Akte und holte das Fax heraus, das ihr an diesem Nachmittag jemand übergeben hatte.

Er las es zum x-ten Mal und versuchte zu verstehen, was er sagte.

"Harris, Biscas und Andreotti sind sicher und gesund, aber nicht für immer. Die Aktion ist noch nicht vorbei und sie plant, damit weiterzumachen. Ich wünschte, ich hätte sie nie gesehen."

Das Fax wurde anonym über ein öffentliches Kommunikationsbüro in der Stadt gesendet.

Das einzige, was den Absender identifizierte, war die Unterschrift "Mighty", aber das bedeutete Bobby nichts.

Er sah auf seine Uhr und entschied, dass es Zeit war, es einen Tag zu nennen.

Er schaltete die Lampe in der Ecke seines Schreibtisches aus und warf einen letzten Blick auf die verlockende Zigarettenschachtel.

* * *

Auf dem mehrstöckigen Parkplatz wollte Bobby gerade seine Autotür öffnen, als eine schwarze Limousine neben ihm hielt.

Das Fenster öffnete sich.

"Inspektor?"

Bobby warf einen Blick auf die Limousine und richtete seinen Blick auf den Fahrer.

"Hast du fünf Minuten?"

"Ich war auf dem Weg nach Hause. Aber ich kann natürlich noch fünf Minuten brauchen."

"Dann komm rein."

Bobby ging langsam um die Limousine herum zum Beifahrersitz und stieg ein.

Der Fahrer biss die Zähne zusammen und reichte Bobby einen kleinen weißen Umschlag.

"Das ist für dich. Und noch etwas muss ich dir sagen."

"Ich habe geschossen."

"Biscas lebt noch und es geht ihm gut, aber er ist nicht in Florenz oder Rom. Das ist alles, was ich ihm sagen kann."

"Und wer bist du, darf ich fragen?" Fragte Bobby

"Das ist nicht wichtig. Ich bin nur ein Wohltäter."

Der Fahrer zündete sich zwei Zigaretten an und reichte dem Inspektor eine davon.

"Komm schon, nimm es. Du siehst aus, als ob du es brauchst. Ich kann diesen Drang in dir spüren."

Bobby nahm es, während der Fahrer lachte.

"Ich habe es einmal wie verrückt versucht, aber ich hatte nie die Willenskraft aufzuhören."

Bobby saugte daran und genoss den Geschmack von Rauch.

"Sehen Sie, das fühlt sich gut an, oder?"

"Sicher. Aber ich muss immer noch wissen, wer der Wohltäter ist."

"Wie ich schon sagte, das ist nicht wichtig. Und noch etwas ..."

"Mach weiter, überrasche mich noch einmal, was noch?"

"Überprüfen Sie nicht die Registrierung dieses Fahrzeugs, weil Sie keine haben." Der Fahrer lachte. "Sagen wir einfach, was in diesem

Umschlag ist, ist alles, was Sie brauchen, um fortzufahren. Ich wünsche Ihnen einen schönen Nachmittag, Inspector."

Sobald Bobby aus der Limousine stieg, raste sie davon, und Reifen quietschten über den Betonboden, bis sie aus dem Blickfeld auf das Unterdeck des Parkplatzes verschwanden.

Bobby schaute auf den Umschlag und öffnete ihn.

Ein Anhänger mit einem goldenen Herzen und einer Kette fiel ihm in die Hand.

Darauf waren die Worte eingraviert: "Zu Jane, mit Liebe, Leonardo."

Bobby hob es auf und lächelte dann vor sich hin, um die letzten Nikotinstücke von seiner Zigarette zu genießen.

10.

Calvin näherte sich seiner Frau von hinten und hielt sie fest, als er das Geschirr spülte. Er gab ihr einen sanften Kuss auf die Wange.

"Geht es dir gut, Schatz?"

Sie drehte sich um und kuschelte sich in sein Gesicht, erwiderte die liebevolle Geste.

"Was ist das?" Sie fragte.

"Das was?"

Sie entdeckte etwas Vertrautes, einen Geruch, der sie an etwas erinnerte.

Der Geruch von Sex musste unmöglich sein und sie wies den Gedanken schnell zurück.

Calvin erkannte, was er bemerkt hatte und zog sich sanft zurück.

"Es muss die Hummerbiskuitcreme sein. Es war köstlich, Schatz."

"Na dann, können Sie mir helfen, dieses Geschirr wegzuräumen oder etwas zu tun, um die Spülmaschine so schnell wie möglich zu reparieren."

"Ah! Und wo sind die Mädchen, wenn du sie brauchst?" er fragte scherzhaft. "Sie scheinen immer zu verschwinden, wenn Arbeit zu erledigen ist."

"Wie geht es unserem Gast übrigens?" Fragte Gaby.

"Schlafen. Der beste Weg, sich zu erholen."

"Du magst es sehr, oder?"

"Ich denke an sein Wohlergehen, ja. Er ist eines meiner größten Vermögenswerte, vergiss das nicht."

"Und sehr hübsch." Gaby ging zu ihm und schlang ihre Arme um seine Taille.

Calvin lachte.

"Ich habe es bemerkt. Aber du bist der einzige für mich. Kannst du mir glauben?"

* * *

Bridget öffnete leicht ihre Schlafzimmertür, um die Aktivitäten im Rest des Hauses zu hören.

Alles schien ruhig zu sein.

Er trat auf den Treppenabsatz und ging ins Badezimmer.

"Hallo, geht es dir gut?" sagte eine Stimme hinter ihr.

Er hatte nicht bemerkt, dass Susan, eine von Calvins Töchtern, auf dem Treppenabsatz stand.

"Mir geht es gut. Ich werde nur kurz duschen." Bridget antwortete.

"Darf ich Sie etwas fragen?"

"Natürlich."

"Wie ist es, ein Supermodel zu sein?" Bridget sah Susan an und lächelte. Ihr zerzaustes goldenes Haar fiel über ihre Schultern und umrahmte ihren engelhaften Blick. Sie sah Burt sehr ähnlich, dachte Bridget. "Es ist harte Arbeit. Es ist nicht immer so glamourös, wie manche Leute denken."

"Ich hoffe du verstehst, dass ich nicht ein Model sein will. Ich denke, es ist erniedrigend."

"Nun ja und nein. Ich verstehe Ihren Standpunkt, aber es ist sehr wichtig, dass die Modebranche sowohl männliche als auch weibliche Models hat, um Kleidung und Make-up zu präsentieren ..."

"Ja, aber um dir nackt und alles zu zeigen. Deine Titten und deine Muschi sind ausgestellt."

"Nicht wirklich."

"Aber du hast es geschafft".

Bridget blieb stehen, um nachzudenken. "Wie kannst du das Wissen?"

"Dad hat viele Aktfotos von dir. Er versteckt sie vor Mom. Ich habe sie in seinem geheimen Schrank gesehen."

"Du hast es geschafft?"

"Ja. Ich weiß, wie ich in seinen Schreibtisch komme, in sein geheimes Kabinett."

"Er weiß?"

"Würdest du ihm sagen, dass ich es dir gesagt habe?" Susan grinste böse. "Du würdest mich nicht stören, oder? Denn wenn du das tust, müsste ich Mama alles über dich und Papa erzählen."

"Sag ihr was, Susan?" Bridget verschränkte die Arme und wurde langsam wütend, versuchte es aber zu verbergen. Es bestand kein Zweifel, dass Susan diese kleine Begegnung mit böswilliger Absicht geplant hatte. "Was genau weißt du?"

"Ich weiß, dass er dich liebt."

Bridget lachte.

"Susan, das ist kein Geheimnis. Dein Vater kennt viele Frauen, die er zu lieben vorgibt."

"Das tut nicht so. Er liebt dich wirklich. Ich habe sein Tagebuch gelesen. Er schrieb, wenn er könnte, würde er Mama verlassen und dich bitten, seine Frau zu sein."

Wieder hielt Bridget inne, um nachzudenken.

Es war so beunruhigend, sich vorzustellen, dass Burt diese Informationen jemals seinen eigenen Kindern zur Verfügung stellen würde, damit sie sie so leicht abholen können.

Sie lächelte als Antwort.

"Liebst du ihn, Bridget?"

"Das ist nicht von deinem Interesse." Bridget drehte sich um und ging weiter ins Badezimmer.

"Aber es würde Mama stören, wenn sie es herausfinden würde."

"Dann sag es ihm nicht."

Sie schloss die Badezimmertür hinter sich und wartete eine Weile, bis Susan draußen auf dem Treppenabsatz auf und ab ging.

Dann hob sie ihr Kleid, um das winzige Handy aus seinem diskreten Versteck in ihrem Höschen zu entfernen.

Sie gab eine Nummer ein und wartete darauf, dass er antwortete.

Unbeantwortet.

Das Telefon, mit dem Sie Kontakt aufnehmen wollten, war offline.

"Teufel noch mal!"

Er versuchte es mit einer anderen Nummer.

Diesmal antworteten sie.

"Hallo? Jacky?"

"Nein. Wer ist es?" Die Stimme antwortete.

"Thomas? Bist du es?"

"Natürlich bin ich es. Miss Bridget, warum rufen Sie mich an?"

"Muss ich wissen, was los ist? Ist Leonardo noch da?"

"Wer ist Leonardo? Wollen Sie mit Miss Jacky sprechen?"

"Thomas, hör mir zu. Ich weiß, was passiert ist, ich bin nicht dumm. Also versuche bitte nicht zu verstehen, dass ich eine Art Idiot bin. Ist Leonardo in Ordnung?"

"Miss, ich verstehe nicht. Wer ist Leonardo? Ich weiß nicht, über wen er spricht und Miss Jacky ist im Moment sehr beschäftigt."

Bridget hielt das Telefon mit beiden Händen auf Armeslänge hin und stöhnte, dann brachte sie es wieder an ihr Ohr.

"Okay, spiel dieses dumme Spiel, wenn du musst, aber ich werde mich erholen, ich schwöre."

Er zog den Stecker heraus und knurrte erneut und schlug frustriert gegen die Wand.

Da war ein Klopfen an der Tür.

"Geht es dir gut, Miss?" Die Stimme fragte einen der Wachen.

"Ja, ich gehe duschen."

"Ich dachte, ich hätte Stimmen gehört."

"Ich habe gesungen."

"Wenn er frei ist, müssen wir reden."

"Ja, das werden wir. Ich denke, du musst etwas wissen."

* * *

Der Fahrer kehrte zum Haus zurück und trat durch die Haustüren ein.

Einer der Leibwächter wartete.

Der Fahrer sah ihn an.

"Wo schaust du hin?" Fragte er und ging dann mit den Händen in den Hosentaschen ins Wohnzimmer.

Der Leibwächter lächelte nur und sah ihm nach.

"Tritt ein, Andy." Sagte Jacky. "Ich hoffe du hast meine Nachricht übermittelt."

Sie trug einen engen roten Lederrock und ein dazu passendes Leibchen, die Haare zu einem langen Pferdeschwanz, der ihr über den Rücken fiel.

Er überquerte den Fliesenboden zu seinem treuen Schaffner und reichte ihm ein Glas Rotwein.

"Ja, ich habe ihm die Nachricht gegeben."

Andy nahm das Glas und sah sie an.

Sie hatte ihm an diesem Abend ein besonderes Geschenk versprochen und er wusste von der Art, wie sie sich angezogen hatte, dass das Versprechen in der Luft schwebte.

Er hatte nie die Gelegenheit gehabt, mit seinem Chef allein zu sein.

Sie sah ihn an und schenkte ihm ein verführerisches Lächeln.

"Guter Junge. Ich denke es ist Zeit zu spielen."

Andy trank den Wein, als ihre Finger langsam seine Hose öffneten.

"Du willst spielen, nicht wahr Andy? Es ist deine Belohnung, dein Bonus für eine gute Arbeit."

"Natürlich." Er lächelte und stellte das Glas neben sich auf den Tisch und Jacky legte ihre Hand in seine offene Öffnung und fühlte seinen Schwanz schon etwas hart. "Können wir Ihr Schlafzimmer nicht dafür benutzen, Miss?"

"Weil du schüchtern bist?" Thomas stand an der Tür und sah zu. "Macht es dich nervös, Andy?"

"Ja, das könnte man so sagen."

"Mmmm ... du scheinst meine sanften Berührungen zu genießen. Magst du es so, Andy? Ich wette, Thomas wird auch aufgeregt."

Er sah seinen Diener an.

Thomas blieb regungslos und ausdruckslos.

Jacky nahm Andy bei der Hand und führte ihn zur Couch.

Sie setzte sich auf und zog ihn an ihre Taille, lächelte ihn an, als sie seinen Gürtel abschnallte und langsam seine Hose senkte.

"Bist du dafür bereit?" Sie fragte.

Dann zog sie langsam seine Boxershorts aus und ließ seine Männlichkeit los.

Es zeigte hart und pochend auf ihr Gesicht.

"Ich hoffe du gibst mir was ich brauche."

Sie streichelte ihn, fuhr mit ihren Fingern über ihn und zog die Vorhaut zurück, um seinen appetitlichen Kopf zu enthüllen.

Dann nahm sie es in den Mund, schmeckte es sinnlich mit ihrer Zunge und leckte sanft unter seiner geschwollenen Eichel.

Andy seufzte dankbar, als die Aktion ihn noch mehr aufgewärmt hatte.

Sie zog ihn tiefer und tiefer in ihren Mund, bis er fast vollständig verschlungen war, hielt seinen Hodensack und drückte ihn, als würde sie seine Hoden für jeden Tropfen Sperma reinigen, den sie sammeln konnte.

Seine Seufzer verwandelten sich in wiederholtes Stöhnen, das mit seinen Handlungen in Einklang zu sein schien.

Langsam ein- und aussteigen.

Andy streckte die Hand aus und hielt sie an den Schultern fest, als er seine Hüften bewegte. Sein Stoß stimmte perfekt mit ihrem Rhythmus überein, bis sie frei schrie und seine Lasten in ihren Mund fließen ließ.

Jacky schluckte jeden Tropfen, als sein heißes Sperma ihren eifrigen Hals durchflutete.

Sie leckte es sauber und lächelte.

"Vielen Dank, Miss, es war sehr gut."

"Ruh dich jetzt aus. Ich brauche dich für einen weiteren sehr wichtigen Job am Morgen."

Andy zog seine Hose hoch und stellte sie so ein, dass sie den Raum verließ.

Er ging an Thomas an der Tür vorbei und fragte ihn.

"Hat es dir Spaß gemacht uns zu sehen?" Thomas lächelte und wandte sich dann an Jacky.

"Miss. Sie hatten früher einen Anruf."

"Oh ja?" Jacky wischte sich langsam das Gesicht mit einer weichen Serviette ab. "Wen oder sollte ich nicht fragen?"

"Von Miss Bridget. Er fragte nach Mr. Leonardo. Dann sagte ich ihm, was er mir befohlen hatte, ihm zu sagen."

"Das ist gut. Und hatte sie etwas zu sagen?"

"Ja. Dass sie sich erholen würde."

Jacky lächelte, stand vom Stuhl auf und streckte ihren Rock.

"Nun, ich frage mich, was er vorhat."

Sie ging langsam zur Tür, während ihr Pferdeschwanz über ihren Rücken hin und her schwang.

"Folge mir, Thomas, ich brauche deine Hilfe im Verlies und ich habe eine angenehme Überraschung für dich."

Thomas lächelte und folgte ihr. Seine Augen waren fest auf ihre Hüften gerichtet, die beim Gehen schwankten.

* * *

Bridgets Augen schlossen sich.

Das sanfte Strawinsky-Violinkonzert, das sie hörte, entspannte sie, als sie nackt, aber bedeckt im Bett lag.

Es war spät und Calvins versprochener Besuch schien, als würde es niemals passieren, bis das leise Klopfen an der Tür sie weckte.

Calvin trat schweigend ein und im trüben Lampenlicht konnte sie ihn sehen.

Er saß an deiner Seite.

"Schliefst du?"

"Fast. Ich dachte du hättest es vergessen."

"Ich musste warten, bis Gaby tief und fest schlief." Er fuhr mit den Fingern über ihr Gesicht. "Du weißt nicht, wie ich mich gerade fühle. Ich liebe dich so sehr."

"Du zitterst."

"Ja, mit Begeisterung. Es ist mein größter wahr gewordener Traum."

Bridget nahm ihr Handgelenk und setzte sich auf.

Die Decke, die sie bedeckte, rutschte ab und enthüllte ihre festen Brüste, die im Lampenlicht viel perfekter aussahen.

"Also, was war so dringend? Hast du gesagt, du musst reden?"

"Ich hatte gehofft, dass du zu uns kommst, damit ich Gaby versichern kann."

"Versichere ihm was?"

"Dass wir nur Freunde waren. Sie muss nicht denken, dass du und ich ..."

"Halt!" Bridget zog ihre Hand weg. "Würdest du ihr absichtlich Lügen erzählen, während ich hier bin?"

"Ja, warum nicht?"

Bridget hasste es, eine Lügnerin zu sein, und vor allem hasste es mehr, wenn jemand sie in ihre trügerischen Fallen zog.

Calvin versuchte sie erneut zu umarmen, aber sie zuckte zusammen und hielt die Decke wieder dicht an sich.

"Schatz, was ist das Problem?" Ich frage.

"Es ist falsch. Alles fühlt sich nicht richtig an."

"Was meinen Sie?"

"Vorher ..." Bridget erklärte das Gespräch, das sie zuvor mit Susan geführt hatte. "Wussten Sie, dass sie in Ihren Schreibtisch einbrechen könnte?" Calvin stand auf und lehnte sich nachdenklich an die Wand. "Nun, wusstest du das?"

"Teufel noch mal!" flüsterte er laut wütend. "Nein ich wusste nicht".

"Also hast du gedacht, es wäre alles geheim? Nun, denk nochmal nach, Burt."

"Es tut mir leid, Bridget. Ich bin völlig dumm und dumm. Ich habe nie bemerkt, dass Susan in meinen Schreibtisch eingebrochen ist. Aber jetzt, wo sie das vermutet, weiß ich, was sie tun wird, um unsere Ehe zu retten."

"Musst du?"

"Ja. Aber das liegt nicht an dir und mir oder daran, wie ich mich für dich fühle. Das ist etwas, was seit Jahren passiert. Es tut mir leid."

Calvin öffnete die Tür, um zu gehen.

"Warten!" Sie hat ihn gefragt. "Ich muss dich etwas fragen." Calvin blieb eine Weile stehen und drehte sich dann um, um die Tür leise zu schließen. "Ich brauche einige Antworten und ich weiß, dass du sie hast."

"Was auch immer ist."

"Hattest du etwas damit zu tun? Mit Jacky?"

"Wenn ich dir sage, was ich weiß, dann musst du mich davon abhalten. Verstehst du?"

"Ja, du hast mein Wort."

Calvin setzte sich auf das Bett und erklärte: „Ich wusste, dass Sie und Leonardo sich verabredet hatten. Dann bekam ich einen Anruf von Jacky. Sie sagte mir, wer sie war und dass Sie beide mit ihr gesprochen hatten und dass sie Pläne gemacht hatte. Und ich hasste es Leonardo, weil er wusste, wie du dich für ihn fühlst. Ich wusste immer, dass du den Wunsch hattest, ihn zu treffen. Ich wusste immer, dass er eines Tages kommen und dich ausrauben würde.

"Und was ist mit Jacky?"

"Sie hat mich gebeten, mich zu treffen, damit wir uns unterhalten können. Wir haben es getan und ich dachte, der ganze Plan, den ihr habt, war verrückt. Sie hat mir alles erzählt. Ich konnte nicht glauben, dass ihr diesen Plan akzeptieren würdest, Andreotti und Leonardo zu ermorden. Es ergab keinen Sinn. Ich dachte, du bewunderst sie beide.

Dann habe ich versucht, dich aufzuhalten, nicht nur, weil ich eifersüchtig war, sondern auch, weil ich wusste, dass Jacky dich benutzt. Das ist alles, was ich weiß. Das nächste, was ich weiß, ist, dass du in dieser Gasse bewusstlos geworden bist. "

"Du wusstest auch von Jane, oder?"

"Ja, das war vor Jahren, bevor sie starb." Calvin antwortete.

"Erzähl mir davon"

"Was genau willst du wissen, Bridget?"

"Wie war Jane? Ich meine, was hatte sie wirklich vor?"

"Du meinst seine Gewohnheiten und diese Beziehung zu Leonardo?" Bridget nickte, damit er fortfuhr. "Jane war eines meiner ersten Vorbilder. Wie Sie habe ich sie sehr bewundert und wieder war Leonardo wie Sie vor Ort. Er hat sie erobert, aber in gewisser Weise war ich froh, dass er es getan hat. Er hatte diese seltsamen Gewohnheiten, es sein zu wollen Es war eine Selbstverständlichkeit, als sie mich bat, eine Website für sie zu entwerfen. Ich war überrascht von dem, was sie tat. Ich hätte nie gedacht, dass jemand so schön wie sie sich für so etwas interessieren könnte. "

"Und Leonardo?"

"Zu der Zeit baute er gerade sein Geschäft auf. Ich half ihm bei einigen Kontakten und so trafen er und Jane sich. Ihr Hintergrund faszinierte ihn und wie sie zu den Dingen kam, die sie tat. Leonardo war neugierig und hungrig, es herauszufinden. Ich habe mich oft gefragt, ob er auch in extremen Sex verwickelt ist, und es stellte sich heraus, dass er es war. "

"Was ist passiert?"

"Ich half ihnen, einen Film zu machen, organisierte die Fotosessions. Dann passierte der Unfall und seine Eltern baten mich, die Website zu entfernen und die Verbreitung des Videos zu stoppen. Dann fand ich heraus, dass Leonardo an seinem Tod beteiligt war und wurde in Kürze freigesprochen später. Aber dann erfuhr ich, dass auch

Janes Schwester befragt wurde. Es stellte sich heraus, dass sie Leonardo Morddrohungen schickte. "

"Hast du nicht daran gedacht, als sie dich kontaktiert hat?"

"Natürlich habe ich das getan. Deshalb dachte ich, es sei alles verrückt. Aber warte, Bridget, du warst mit ihr bei diesem Plan. Ich war überrascht zu glauben, dass du so etwas tun könntest. Ich wollte dich beschützen."

11.

Der Kerker war kalt und still und Leonardo spürte, wie sich seine Fäuste jedes Mal in seine Handgelenke bohrten, wenn er sich bewegte.

Er konnte nicht sprechen und das einzige Geräusch, das er machen konnte, war ein gedämpftes Stöhnen in der engen Gummimaske, die seinen gesamten Kopf bedeckte, sein Mund geschlossen.

Er war kalt und nackt und musste an den Handgelenken der Ketten hängen bleiben, die ihn tagelang in dieser Position hielten.

Er verlor den Überblick über die Zeit und der Schlaf kam nur in kurzen Nickerchen zu ihm, wobei er von Zeit zu Zeit von einem der Leibwächter begleitet wurde, um gefüttert, mit einem Schlauch gereinigt und seine Blase in einem Eimer freigegeben zu werden, wenn der Wachmann es erlaubte. .

Jacky betrat den Kerker, gefolgt von Thomas.

Leonardo sah zu, wie sie auf ihn zuging.

Er stöhnte unverständliche Worte, als sie vor ihm stand und ihre Nägel über die Haut seiner Brust fuhr.

"Und wie geht es meinem Gast heute? Ich hoffe, dass ich gut bin", fragte sie. Leonardo zog an seinen Fäusten, aber es tat weh. Er hatte bereits Schürfwunden, die an seinen Handgelenken schmerzten und bluteten. "Bist du bereit mit mir zu spielen?" Sie begann ihn erneut zu versuchen, indem sie seinen schlaffen Schwanz berührte. "Oh Leonardo, ich weiß, dass du es besser machen kannst. Schau ihn an, er ist so erbärmlich." Seine Augen starrten sie durch die Schlitze in der Maske an und sie lächelte zurück und leckte sich dann sinnlich über die Lippen. Er begann vor Frustration noch lauter zu stöhnen und sie lachte ihn aus. "Ich werde dich für einen Moment zuschauen lassen, Leonardo. Es könnte dich in eine spielerische Stimmung versetzen."

Sie ging zum kalten Operationstisch und zog langsam ihren Rock aus.

Thomas starrte sie an.

"Weißt du, was ich dich machen lassen werde, Thomas?"

"Keine Dame."

"Du wirst mögen, was ich dich Thomas machen lassen werde."

Ihr Rock fiel zu Boden und sie zog ihn von ihren Füßen.

Sie trug einen engen schwarzen Tanga, der ihre Leistengegend fest umarmte.

"Wir können unseren Gästen zeigen, wie gerne wir beide spielen."

Er setzte sich auf den Tisch, hob die Beine und stützte die Knöchel fest auf die Steigbügel auf seinem Rücken.

"Thomas, du weißt was jetzt zu tun ist. Also mach es!"

Thomas zog seine Jacke aus und krempelte die Ärmel hoch.

Dann senkte er Jackys Tanga, zog ihn von ihrer Leiste weg und enthüllte ihr Geschlecht.

Leonardo war unbeeindruckt, als Thomas sich gegen den Tisch lehnte und seine Zunge gegen ihre offenen Genitalien fuhr und ihre Schenkel spreizte.

Sie konnte fühlen, wie seine Zunge sie schmeckte, ihre heißen Säfte in seinem Mund trank und an ihrem empfindlichen Kitzler saugte.

"Ooooh ja! Thomas, du machst es wirklich gut, hmm ... bitte hör nicht auf."

Und Thomas wollte nicht aufhören.

Sanft ließ er sie in orgasmischer Ekstase zurück, als er sich an die Tischkante klammerte und ihre Leistengegend näher an ihn drückte, als ihr Orgasmus immer näher an seinen Höhepunkt rückte.

Sie bat ihn, nicht aufzuhören, bis sie endlich kam und vor Vergnügen schrie.

***

Bridget packte schnell ihren Koffer, als Calvin sie beobachtete.

"Wo denkst du gehst du um diese Zeit hin?" Ich frage.

Er legte seine Hände sanft auf ihre nackte Taille und sie verstummte und fühlte, wie seine Hände sie streichelten.

"Bridget, ich kann dich immer noch vor all dem beschützen. Vertrau mir."

"Wie? Du hast es selbst gesagt, ich bin so verrückt wie Jacky." Sie drehte sich zu ihm um und sah ihm in die Augen. "Ich weiß nicht einmal, warum ich dazu gekommen bin. Ich war dumm."

"Es passiert. Ich verstehe, warum du Andreotti tot sehen wolltest. Es war Rache."

"Genau. Ich bin genauso verrückt wie Jacky."

"Nein, bist du nicht." Er griff hinüber und hielt sanft ihre Arme. "Sie ist verrückt und sehr gefährlich. Sie leiden immer noch für Ihren Vater unter dem, was ich vermute, und die Trauer kann dazu führen, dass Sie die Kontrolle verlieren. Bridget, bitte hören Sie mir zu, ich kann Ihnen helfen."

Sie war von ihm angezogen.

Seine Lippen kamen näher zu ihren, bis sie sich küssten und leidenschaftlich wurden, bis sie in seinen Armen weggetragen wurde.

Es fühlte sich so gut an und während er dort war, war sie in Sicherheit.

Sie wollte ihn so sehr, aber dann war da dieser Ärger in ihrem Kopf, der ihr sagte, dass es falsch war, dort zu sein und zu fühlen, was sie fühlte.

Sie hörte auf ihn zu küssen und zog sich zurück.

"Nein, hör auf damit, Burt. Ich kann mich nicht so sehr einmischen, wie ich will. Ich muss gehen."

"Nein, nicht! Hör mir zu!"

"Burt ich muss gehen."

"Ich werde dich nicht gehen lassen!" Er rollte sie auf das Bett und drückte sie an seinen Körper. Sie gab sich ihm hin, ihre Gefühle konnten seiner Stärke nicht standhalten. "Mir ist nichts anderes wichtig, Bridget. Ich liebe dich!"

Sie lehnte sich zurück und fühlte, wie er ihre Schenkel spreizte.

Ihr Geist war aufgeregt und dachte an das Chaos, das sie verursacht hatte, verwirrt mit allen möglichen Gedanken und jetzt mit ihren durcheinandergebrachten Gefühlen.

Dann schob er sie zu sich, verbreitete ihr Geschlecht und füllte sie mit der Härte seines Schwanzes.

Der Aufprall seiner Steifheit nahm ihr den Atem und sie sah zu ihm auf und packte das Bett fest.

"Tu mir nicht weh", flüsterte er laut.

"Ich will dich nicht verletzen, Schatz. Ich will dich nicht verletzen. Ich liebe dich so sehr, dass ich alles für dich tun würde."

Bridget kam zur Besinnung und spürte seine Zärtlichkeit.

Sie begann sich zu entspannen.

Er küsste ihren Nacken, streichelte ihre Haare mit seiner Hand und alles fühlte sich wieder so sicher und so gut an.

Sie schlang ihre Arme um ihn und packte ihn an den Schultern, als er langsam und mit totaler Zuneigung ein- und ausging.

Jetzt hatte sie es und wollte nicht, dass es aufhörte.

"Ich liebe dich Burt", flüsterte sie.

Bridget brachte ihn zu ihr und spürte jeden Stoß seiner Härte, der ihren Körper vor Verlangen zittern ließ.

Sie spürte, wie er zitterte und dann sagte ein warmer Schwall in ihr, dass er gerannt war.

Es herrschte eine kurze Stille und er sah sie an und streichelte ihr Gesicht.

"Es tut mir leid. Ich konnte mich nicht aufhalten." Calvin entschuldigte sich und lächelte sie an.

"Es ist in Ordnung."

"Meinten Sie, was Sie gesagt haben? Lieben Sie mich wirklich?"

"Ich bin mir nicht sicher."

Sie war unsicher.

Was war der Unterschied zwischen Lust und echter Liebe?

Sie wusste, dass das, was sie für Calvin empfand, eine Art Nähe und Bewunderung für ihn war.

Sie hatte sich oft gefragt, wie es wäre, mit ihr zu schlafen, und in gewisser Weise galten diese Gefühle auch für Leonardo.

Aber das war nichts im Vergleich zu der Liebe, die sie zu ihrem Vater empfunden hatte.

Es gab nicht nur Bewunderung, sondern auch das Gefühl, dass sie ein Teil von ihm war und nie Sex mit ihm haben wollte, außer in ihrer wildesten Vorstellung, von der sie wusste, dass sie verboten war.

Aber wie hieß dieses Ding überhaupt Liebe?

"Denkst du nach? Woran denkst du?" Ich frage.

"Liebe. Ich verstehe immer noch nicht, was es wirklich ist."

"Aber du musst etwas fühlen, oder?"

"Das tue ich. Aber ..."

"Was? Sag mir, wie du dich fühlst?"

"Ich kann nicht. Ich weiß nicht, wie ich es erklären soll."

Calvin setzte sich auf die Seite des Bettes und strich sich mit der Hand über die Haare.

"Entschuldigung Bridget. Ich habe dich verwirrt, oder?"

"Was meinen Sie?"

"Die ganze Zeit habe ich dich mir aufgezwungen. Du wolltest mich nie lieben. Ich war es für dich."

Bridget lehnte sich zurück und dachte darüber nach, was sie gesagt hatte.

Burt war ein unglaublich gutaussehender Mann und er erkannte, dass er ihn vom ersten Tag an sah.

Was sie in diesem Moment wirklich fühlte, war nichts als reine Lust und der Wunsch, ihn zu haben.

Als sie sich endlich trafen, fühlten sich die Dinge für sie anders an.

Sie wollte ihn nur tief in ihren Fantasien lieben, aber sie war nicht wirklich bereit dafür.

"Ich glaube, ich habe dich in diesem Fall nie wirklich geliebt", sagte sie zu ihm. "Ich habe dich einfach geliebt. Was ich fühlte, war nicht dasselbe wie du für mich gefühlt hast."

"Ich wusste es." Calvin stand auf und sah sie an. "Du liebst mich nicht".

"Nicht." Bridget zog ihren Kopf von seinem Blick weg und wartete darauf, dass er leise den Raum verließ.

* * *

Jacky befreite seinen Gastgeber von seinen Fäusten und er fiel auf die Knie und löste seine Maske.

Sie sah, wie er seinen Kopf bewegte, als er sie ansah, als Schweiß auf seiner Stirn ausbrach und die grauen Stoppeln, die sein Gesicht schmückten, ihn auf harte Weise sehr attraktiv aussehen ließen.

"Du Schlampe", murmelte er. In seinem Blick lag Angst.

"Ich liebe es, wenn ein Mann wütend wird. Bist du sauer auf mich, Leonardo?"

"Warum machst du das? Und was hast du mit Bridget gemacht? Wenn du sie verletzt hast, schwöre ich, dass ich dich töten werde."

"Mach dir keine Sorgen, sie ist in Sicherheit." Sie trat näher, packte seine Haare in ihrer Hand und drückte ihren Kopf gegen seinen Schamhügel. Sie konnte fühlen, wie sein Atem in seinem Geruch saugte. "Magst du diesen Leonardo? Bist du bereit mit mir zu spielen?"

"Du bist verrückt, total verrückt. Damit wirst du mich nicht erobern."

"Dann sollte ich dich vielleicht noch mehr foltern."

Leonardo begann wieder zu Kräften zu kommen und schob ihre Hand weg.

Er stand langsam auf und sah sie an.

"Erzähl mir etwas. Was hast du mit Bridget gemacht?" Jacky sah ihn an und lächelte. "Sagen Sie mir!"

"Sie lebt und es geht ihr gut. Ich habe sie gehen lassen. Außerdem hat sie sowieso nicht viel Spaß gemacht. Ich wollte, dass du nur für mich bist. Also könnte sie dich haben, wie Jane dich einmal ganz für sich allein hatte."

"Also darum geht es? Warst du eifersüchtig?"

"Sie hatte alles."

"Und du hast dich ausgeschlossen gefühlt? Hast du nicht, Jacky?"

"Vielleicht."

Sie lächelte weiter, eine gewisse Besessenheit in ihren Augen erzählte ihm jetzt alles.

In diesem ganzen Spiel ging es um Neid und nicht nur um einen grausamen Weg, sich für den Tod seiner Schwester zu rächen.

Er wollte sie am Hals packen, die Spuren an ihrem Hals verblassen, wo die Peitsche sie einige Tage zuvor getroffen hatte, und sie erwürgen.

Aber dann erkannte Leonardo, dass er nicht so ein Mann war.

Es dauerte mehr als die Folter, die er bisher ertragen hatte, um ihn so weit zu bringen.

"Jacky, du musst jetzt damit aufhören. Beende es und lass mich gehen."

"Nicht." Sie schüttelte den Kopf. "Spiel mit mir. Mach was du mit Jane gemacht hast, mach es erst jetzt mit mir." Sie fährt mit ihren Fingern sanft über seine Brust und streichelt sanft seine Brustwarze. "Ich möchte, dass du mich den Schmerz fühlen lässt."

"Nein. Das ist jetzt in der Vergangenheit. Ich wollte diese Dinge sowieso nie tun."

"Warum hast du es dann getan?"

"Sie hat mich dazu gebracht. Und weil ich sie geliebt habe, habe ich es getan."

"Was meinen Sie?" Sein Lächeln wurde schwächer, ersetzt durch einen neugierigen Blick, als ob das, was er gesagt hatte, überhaupt keinen Sinn ergab.

"Ja Jacky, ich habe es getan, weil ich sie geliebt habe."

"Nicht!"

"Es ist wahr. Siehst du, ich kann dir das nicht antun, weil ich dich nicht so liebe wie deine Schwester. Was wirst du jetzt tun?"

"Nicht!" Jacky trat einen Schritt zurück, sah ihn an und wiederholte sich. "Du tust niemandem weh, wenn du ihn liebst."

"Ja, das tust du. Weil echte Liebe so stark ist, wirst du alles für die Person tun, die du liebst. Du wirst sie sogar verletzen, wenn du willst."

"Dann tu mir weh, weil du mich hasst!"

"Nein! Ich weiß, warum du das tust, Jacky. Weil du eifersüchtig auf Jane warst. Gib es zu. Du hast gelernt, mich zu hassen, weil du mich nicht so haben konntest wie sie und dann hast du gedacht, ich hätte sie getötet, was den Hass angeheizt hat, den du jetzt noch fühlst."

Leonardo nahm sie in seine Arme und Jacky sah ihm in die Augen.

"Dann lass mich dich lieben wie sie", fragte er, fast ein Flüstern, als ihre Lippen näher zu seinen kamen.

"Nein. Das ist nicht möglich. Ich kann dich nie so lieben, wie ich sie geliebt habe."

"Warum nicht?"

"Du bist nicht dieselbe Person wie sie. Du könntest Jane niemals ersetzen."

"Aber du liebst Bridget. Warum nicht ich?" Jacky ging weg. "Schau mich an! Bin ich nicht schön wie sie?"

"Wenn du schön bist." Leonardo berührte seine Brust mit geballter Faust. "Aber ich habe nichts für dich hier. Verstehst du das?"

Leonardo bemerkte, dass seine Augen sich mit Tränen füllten, als er ihn ansah.

12.

Jacky fiel auf die Knie und schlang ihre Arme um Leonardos Waden, umarmte und bat um seine Vergebung.

Es war eine so plötzliche Veränderung seines Verhaltens gegenüber den vorherigen Momenten, dass Leonardo schockiert war.

"Ich bitte dich, Leonardo, bitte sag mir, dass du mich liebst, bitte", schrie er. Sie hob den Kopf, um ihn anzusehen, ihre Augen waren glasig von Tränen. "Du musst mich lieben. Fühle die gleiche Liebe, die du Jane gegeben hast."

Leonardo bückte sich, stellte sie auf und nahm sie in seine Arme.

"Jacky, du bist auch nach all den Jahren enttäuscht. Es braucht Zeit, jemanden zu lieben. Du bist nur ein Fremder für mich. Lass mich jetzt gehen."

Thomas beobachtete das Paar und erkannte Dinge, die er noch nie zuvor über seinen Geliebten und Chef in diesem Gespräch bemerkt hatte, das er gerade miterlebt hatte.

In ihrem Kopf fingen die Dinge an, sich zusammenzutun und die Fakten und die Geschichte ihres Geliebten wie ein Rätsel über die Jahre zusammenzusetzen, in denen sie sie gekannt hatte.

Sie war reich und etwas mächtig, eine Geschäftsfrau, und sie genoss ihre sexuellen Abweichungen von der Norm ebenso wie er es genoss, ein Teil von ihnen zu sein.

Für Thomas, ein Opfer des Zwergwuchses, war Sex in der normalen Welt keine leichte Sache.

"Geh weg, Leonardo. Offensichtlich habe ich meine Zeit mit dir verschwendet." Jacky wandte sich von ihm ab. "Du wirst mich niemals so lieben, wie du Jane geliebt hast. Es hat keinen Sinn zu versuchen, dich dazu zu bringen, mich zu lieben."

"Jacky, ich verstehe, was du versuchst zu tun. Aber so funktionieren die Dinge nicht", erklärte Leonardo. "Ich bin mir nicht mal sicher, ob ich Bridget liebe. Nur die Zeit wird es zeigen."

Er streckte die Hand aus, um ihr Gesicht zu berühren, aber sie stieß ihn weg.

"Fass mich nicht an. Lass mich einfach in Ruhe."

"Also erzähl mir etwas, Jacky? Wo ist Bridget? Was hast du mit ihr gemacht?"

***

Bobby Harris durchsuchte die Seitenstraßen der Altstadt auf Märkten, auf denen Schmuckstücke und alte Bücher an offenen Ständen verkauft wurden.

Es war ein Ort, der Kulte unter den Bürgern anzog, und Studenten füllten die Weinbars, die einer Welt dienten, die der Norm des Alltags entging.

Er rief eine Nummer auf seinem Handy an.

"Carl? Ich bin hier, aber ich kann den Ort, den ich suche, nicht finden. Es gibt so viele kleine Läden und Bars, dass es unglaublich ist."

Für einen Polizisten verlor er sich ungewöhnlich in einem Bereich der Stadt, den er selten besuchte.

Carl gab ihm telefonisch weitere Anweisungen, und mit dieser Hilfe ging Bobby weiter durch die vielen kleinen Gassen, bis er endlich fand, wonach er suchte.

Zwischen zwei Bäckereien gelegen, fand es sein Ziel.

Miss Jackys Handelszentrum für sexuelle Freuden.

Ein kleiner Laden mit lebensgroßen Bildern von sich selbst, wie Jacky in verschiedenen Lederoutfits posiert und eine Peitsche an den Fenstern schwingt, um Kunden zum Betreten einzuladen.

Bobby blieb einen Moment vor ihm stehen und lächelte einen Moment und dachte sich, was er darin finden würde.

Natürlich wusste er, was ihn erwarten würde.

Er betrachtete sich als einen Mann der Welt und ein Sexshop dieses Kalibers würde sich von keinem anderen unterscheiden.

Darin befanden sich mehr lebensgroße Bilder und Ausschnitte von Jacky zwischen Regalreihen, die mit verschiedenen Sexspielzeugen und Bondage-Instrumenten gefüllt waren.

Im Hintergrund ertönte leise Musik, und der Laden schien leer von Kunden und sogar Mitarbeitern zu sein, bis er von hinten auf die Schulter geschlagen wurde, während er die Glasdildos bewunderte.

"Kann ich Ihnen helfen?" Die Stimme gehörte einer Person, die gleichzeitig von beiden Geschlechtern zu sein schien.

Bobby erkannte bald, dass er ein Mann war, aber auch sehr weiblich und wie eine Frau gekleidet, vielleicht ein Transvestit, und die Brüste waren mit Sicherheit so real, dass er den Eindruck erweckte, die Person könnte transsexuell sein.

"Ja, Sie könnten mir helfen. Ich habe gerade gesucht, aber ich suche nach Informationen über den Besitzer."

"Miss Jacky? Und nach welchen Informationen könnte sie suchen?" Die Person fragte mit einem Lächeln und zeigte seine langen silbernen Augenlider.

"Besucht sie jemals das Haus?" Bobby nahm einen Dildo aus dem Regal, einen langen schwarzen Gummipenis, der mindestens vierzehn Zoll lang war. "Sag mir, kauft jemand diese Dinge wirklich?"

"Ja zur ersten Frage und ja noch einmal zur zweiten."

"Wie oft?"

"Wäre das eine Erweiterung Ihrer ersten oder zweiten Frage, Sir?"

"Zuerst."

Der Angestellte ging zwischen den Regalen um die Insel herum und Bobby folgte ihm.

Er hielt bei einem Foto von Jacky in einem roten Ledercatsuit inne. Ihr blondes Haar war so zusammengebunden, dass es aussah wie ein kaskadierender goldener Brunnen, der sich über ihrem Kopf erhob, und ihre Lippen waren dunkelrot mit einem Auge in einem schelmischen Augenzwinkern geschlossen.

"Entschuldigung! Ist das der Besitzer, der auf allen belichteten Fotos posiert?"

Der Assistent drehte sich um und antwortete.

"Natürlich. Nur der Besitzer erscheint in allen unseren Anzeigen hier."

"Sie ist eine sehr schöne Frau. Sie sieht in all diesen Posen, die ich sehe, sehr dominant aus. Ist das sie, wie sie sie nennen ... domi ...?"

"Eine Domina, ja."

"Das ist das Wort, nach dem ich gesucht habe, danke."

"Kann ich dir jetzt eine Frage stellen?" fragte der Assistent.

"Sicher. Solange ich antworten kann."

"Bist du ein Polizist?"

"Eigentlich ja, das bin ich. Aber mach dir keine Sorgen; ich bin nicht im Vize-Kader oder so etwas. Ich verfolge nur ein paar Untersuchungslinien zu einem bestimmten Vorfall, der vor ein paar Tagen passiert ist."

"Und ist der Besitzer an diesem Vorfall beteiligt?"

"Ich bin mir noch nicht sicher. Außerdem kann ich nicht zu viele Informationen preisgeben, wie Sie verstehen."

Der Assistent ging weiter zum Ladentisch und Bobby folgte ihm voller Ehrfurcht vor den Verkaufsgegenständen um ihn herum.

"Versuch es hier ..." Der Assistent gab ihm eine Visitenkarte.

"Nein! Ich weiß, wo sie lebt. Ich musste nur wissen, ob sie von Zeit zu Zeit und wie oft hierher kommt. Und kann ich fragen, was in diesem Hinterzimmer ist?"

"Es ist nur ein Raum der Werte und ein Verlies." Der Assistent antwortete. "Sie besucht sie, wenn nötig."

"Du hast einen Dungeon gesagt. Was für ein Dungeon?"

"Sir, ich kann nicht glauben, wie naiv Sie sind. Versuchen Sie dumm zu spielen?"

"Nein, ich bin nur neugierig, das ist alles." Bobby antwortete mit einem Lächeln.

* * *

Carl wurde von seinem Büro an die Rezeption des Polizeipräsidiums gerufen.

Der Empfangsbeamte erklärte, ein Mann habe gerade eine vermisste Frau namens Bridget Baldwin gemeldet.

Carl warf einen Blick über die Schulter des Offiziers und sah Leonardo an der Theke warten.

Er sah hart aus und musste sich nach seinen vielen Stunden in Gefangenschaft rasieren, und Carl ging, um mit ihm zu sprechen.

"Entschuldigen Sie, Sir, haben Sie eine vermisste Frau gemeldet?"

"Ja, mein Name ist Leonardo Biscas, ich mache mir große Sorgen um meine Freundin Bridget Baldwin. Sie müssen mir helfen."

"Nun, Sir, wir haben Sie tatsächlich gesucht."

"Das ist nicht wichtig. Haben sie sie schon gefunden?"

"Ja, das haben wir. Sie sind in Sicherheit und soweit wir wissen. Aber eine laufende Mordermittlung ist derzeit im Gange. Werden Sie mich in mein Büro begleiten? Ich habe bitte einige Fragen zu stellen.".

"Nein! Ich habe keine Zeit dafür, ich muss wissen, wo sie ist."

"Nun, Sir ... das kann ich Ihnen jetzt erst sagen, wenn Sie ein paar Fragen beantwortet haben."

Bobby Harris betrat die Station und bemerkte, dass sein Assistent mit Leonardo sprach.

"Okay Carl, ich kann mit Mr. Biscas umgehen."

Leonardo wandte sich an den Inspektor und bat ihn, ihm mitzuteilen, wo Bridget war.

Bobby zog es aus der Reichweite des öffentlichen Ohrs.

"Ich weiß, dass ihr einige sehr seltsame Spiele spielt." Bobby fing an. "Ein berühmtes Supermodel wird in eine Gasse geworfen und eine Geschäftsfrau hat einige sehr seltsame Gewohnheiten. Und um das Ganze abzurunden, erhalten wir Nachrichten von ungewöhnlichen

Leuten, die uns sagen, dass Sie und ein anderer Typ in Gefahr sind und jemand versucht, Sie beide zu ermorden. ""

"Ich verstehe das, glauben Sie mir. Aber ich muss Miss Baldwin sofort finden."

"Sie ist in Sicherheit. Ich glaube, sie ist im Moment mit einem Mr. Burt Calvin in ihrem Haus."

"Nein! Haben sie sie mit Calvin verlassen?" Leonardo war überrascht, das zu hören. "Das können sie nicht. Sie ist bei Calvin nicht sicher."

"Warum nicht?"

"Sie sollten sofort dorthin gehen und sie rausholen."

13.

Calvin schloss sich seiner Familie zum Frühstück an und sah Bridget über den Tisch an.

Sie wusste, wie er sich fühlte, völlig abgelehnt und sich selbst hasst.

Der Rest von ihnen wusste nichts von dem, was an diesem Morgen passiert war.

Für Bridget war es einfach.

Sie liebte ihn nicht, wie er es wollte und hoffte, und sie erklärte es ihm.

Calvins Handy klingelte, was seine Aufmerksamkeit erregte, indem er sich entschuldigte und in die Küche ging, um den Anruf anzunehmen.

Es war Jacky, sie klang verstört und weinerlich.

"Was ist passiert?" Ich frage.

"Ich habe ihn gehen lassen", war es ihre Antwort, die Calvin plötzlich schockiert und wütend machte.

Er schaute zurück in das Esszimmer von Bridget, die sich mit seiner Frau unterhielt.

"Ich musste. Das funktioniert nicht, Burt."

"Hören Sie, ich habe Ihnen vertraut, dass Sie das ausführen. Er wird zur Polizei gehen."

"Es ist mir egal, Burt, jetzt liegt es an dir."

Jacky legte auf und Calvin hatte das Gefühl, seine Welt hätte sich um ihn herum aufgelöst.

Seine Pläne bedeuteten nichts mehr.

Er hielt seinen Zorn zurück und beruhigte sich, bevor er den Speisesaal betrat und alle traf.

"Burt, ist alles in Ordnung?" fragte seine Frau.

"Ja Schatz, kein Problem. Es war jemand aus dem Büro."

"Ich bin bereit bald zu gehen." Bridget informierte ihn.

"Natürlich werde ich dich in deine Wohnung bringen, wenn es dir recht ist."

"Danke. Das wäre sehr nett von dir", antwortete Bridget.

Calvin lächelte und aß weiter, als wäre nichts passiert.

* * *

Calvin stellte den rosa Koffer in den Kofferraum seines Autos und wartete darauf, dass Bridget das Haus verließ.

Er nutzte die Gelegenheit, um Jacky zurückzurufen, während er wartete.

Sie antwortete fast sofort.

"Was hast du Leonardo gesagt? Muss ich es wissen?" Forderte Calvin.

"Ich habe ihm alles erzählt."

"Du hast was getan? Du verdammter Idiot! Alles was du tun musstest war ihn zu behalten, bis er den Deal abgeschlossen hat. Jetzt hast du uns nur vermasselt." Er bemerkte, dass Bridget das Haus verließ und zum Auto ging. "Ich werde mich um dich kümmern, sobald ich das repariert habe!" Und legte auf.

"Du siehst verärgert aus, Burt. Bist du sicher, dass alles in Ordnung ist?" Fragte Bridget

Jetzt war es tausendmal schlimmer geworden, als er zuvor gedacht hatte.

Er öffnete die Autotür für Bridget und ließ sie neben sich herein, bevor er zu seiner eilte.

Sie konnte erkennen, dass er über etwas verärgert war.

"Halte den Mund, halt den Rand, Halt die Klappe!" er schnappte.

"Bist du heute Morgen immer noch verärgert? Burt, du musst es akzeptieren."

"Ich habe dir gesagt, du sollst die Klappe halten, oder?"

"Halt das Auto an! Ich will deine Hilfe nicht."

Bridget konnte jetzt seine Wut spüren.

Dies war kein Aspekt von ihm, mit dem sie vertraut war, und ich fand es am besten, einfach ihre Beziehung oder was davon übrig blieb, dort und dann zu einem vollständigen Ende kommen zu lassen.

Aber Calvin ignorierte sie, fuhr wie ein Verrückter, betrat den Hauptverkehrsfluss auf der Autobahn und kollidierte fast mit anderen Fahrzeugen.

"Du hattest eine Chance, Bridget. Ich habe dir eine Chance gegeben!"

"Burt, wovon redest du?" Sie bat ihn.

"Jetzt ist es vorbei. Fertig! Verstehst du?"

"Nein! Ich bin verwirrt. Du musst nicht so sein, weil ich dich nicht liebe."

"Wenn du mich geliebt hast, könnten die Dinge anders sein."

"Anders? Was versuchst du Burt zu sagen?"

"Der Deal. Du hättest ein Teil davon sein können."

"Von welchem Deal redest du?"

Calvin erklärte von Anfang an alles, was er mit Jacky geplant hatte.

Der Plan, der wie die Idee einer verrückten Frau schien, war mehr als das.

Es war seine Idee.

Er wollte, dass Bridget und Leonardos Liebe tot waren, damit er sein Geschäft übernehmen konnte.

Ein einfaches Eliminierungsspiel, um die Kontrolle über eine millionenschwere Werbefirma zu übernehmen, die Calvin dringend brauchte.

"Also war alles, was du mir erzählt hast, eine Lüge?" Fragte Bridget

"Nein. Ich habe dir nur nicht gesagt, wo es in das Ganze passt."

"Also, was hast du jetzt vor?"

"Du wirst ihn bald sehen", sagte sie zu ihm, ihr Gesicht zeigte jetzt einen bösen Ausdruck, den sie sich von Calvin niemals hätte vorstellen können. "Ich bin fertig. Und du auch."

Bridget wurde plötzlich von Angst überwältigt.

Ihre Verwirrung verwandelte sich nun in Terror, als sie verzweifelt darüber nachdachte, wie sie aus ihrer Situation herauskommen könnte.

Es gab physisch keinen Ausweg.

Calvin fuhr immer noch wie ein Verrückter und fuhr mit einer Geschwindigkeit über dem Limit an Fahrzeugen vorbei.

"Wohin gehen wir?" Sie fragte.

"An einen Ort, an dem ich weiß, dass ich jetzt in Sicherheit bin."

"Burt, das ist nicht sinnvoll. Bitte denk darüber nach."

"Das habe ich. Ich habe vor, ein bisschen Spaß mit dir zu haben. Ich bin schon in Schwierigkeiten. Und wenn du mich nicht liebst, dann einfach ..."

"Was?"

"Du wirst sehen."

* * *

Leonardo saß im Interviewraum des Polizeipräsidiums.

Harris versuchte die Dinge zu klären und zu verstehen, warum Bridget unter dem Schutz von Burt Calvin in Gefahr sein würde.

Leonardo erklärte alles, was er über sein Geschäft und den Deal wusste, den er vor Jahren mit Calvin gemacht hatte.

Eine Vereinbarung, die es Calvin ermöglichen würde, die volle Kontrolle über sein Unternehmen zu haben, sollte er als Vorstandsvorsitzender zurücktreten.

"Wollen Sie damit sagen, dass Calvin einen Teil Ihres Geschäfts besitzt?" Fragte Harris.

"Ja. Er wurde für einige Zeit Partner." Leonardo antwortete.

"Und Jacky hat dir gesagt, dass dies eine Verschwörung ist, um dich loszuwerden?"

"Ja, Inspektor, wie oft muss ich Ihnen das erklären? Und jetzt ist Miss Baldwin in Gefahr. Wenn Calvin es herausfindet, wird er ihr etwas Verrücktes antun, also müssen Sie versuchen, ihn aufzuhalten."

Harris lehnte sich in seinem Stuhl zurück und griff nach einer weiteren Zigarette.

Wenn er nur einen rauchen könnte, könnte er vielleicht zumindest klar über dieses Versagen nachdenken, das sich vor ihm abspielt.

Er griff in seine Jackentasche, holte eine Schachtel Zigaretten heraus und zündete eine an, während Leonardo zusah.

"Um Gottes willen, Inspektor, hören Sie etwas von dem, was ich sage?"

Harris grinste, aber gleichzeitig bemerkte er Leonardos Verzweiflung und verließ den Raum, um seinen Assistenten Carl zu finden, der gerade die Computertastatur drückte und nach Informationen suchte.

Harris trat hinter ihn und schaute auf den Bildschirm, auf dem ein Bild von Thomas in einem Fahndungsfoto zu sehen war.

"Wer ist das?" Ich frage.

"Das, Boss, ist der mysteriöse 'Mächtige. Der Typ, der uns die E-Mails geschickt hat." Carl hielt einen Moment inne, roch das scharfe Aroma von Tabakrauch und schwang sich dann schnell auf seinem Stuhl herum. "Au! Ich habe ihn gefangen!"

"Schau, es ist mein erstes heute, ich bin ehrlich. Also erzähl mir von diesem Kerl. Mächtig?"

"Er war im Zug." Carl antwortete, indem er zum Computer zurückkehrte. "Sechs Jahre wegen Betrugs."

"Wie ist das?" Fragte Harris.

"Er hat für eine Zirkusfirma gearbeitet und zehn Jahre lang keine Steuern gezahlt."

"Okay, also ist er der Typ, von dem Leonardo sagte, er arbeite für Jacky als Assistent?"

"Ja, aber das ist noch nicht alles, Boss. Er wurde auch wegen sexuellen Missbrauchs im Zirkus angeklagt, weil er einen Aerialisten angegriffen hatte."

"Ist das so?"

"Ja. Er mag große Damen." Carl antwortete.

* * *

Calvin bog das Auto auf eine unbefestigte Straße ab, die sie zu einer verlassenen Farm führte.

Ich habe die Bremsen des Autos maximal betätigt, konnte aber nicht anders, als mit voller Kraft mit einem beschädigten Traktor zusammenzustoßen.

Bridget öffnete die Tür und wollte fliehen, aber Calvin war schneller als sie.

Calvin rannte so weit er konnte, obwohl sie im Nachteil war, packte sie am Arm und warf sie zu Boden.

14.

Bridget spürte, wie Calvin schwer an ihrem Hals atmete, als er auf ihr lag und sein Gesicht gegen den schlammigen Boden drückte.

Der Sturz hatte ihr den Atem geraubt, als er sie zu Fall brachte.

"Zeit, jetzt Spaß zu haben, Bridget. Sie beide, Schatz, nur Sie und ich."

"Lass mich gehen, Burt. Das bist nicht du. Denk darüber nach, was du tust", flehte sie ihn an und wusste, dass es eine Chance gab, ihn auf die freundliche Seite zu locken, die sie einst kannte.

"Das habe ich. Für mich ist alles vorbei. Ich habe jetzt nichts zu leben, aber ich verbringe so viel Zeit mit dir wie ich kann. Und ich werde das Beste daraus machen."

Er stand sie auf und hielt beide Hände hinter ihrem Rücken.

Ein Tritt an der richtigen Stelle würde ihr zumindest die Chance geben, ihm wieder zu entkommen.

Aber Bridget beschloss, das nicht zu tun.

Sie war dankbar, zumindest auf den Beinen zu sein, ihre Umgebung genauer zu betrachten und vielleicht zuerst einen Fluchtweg zu planen, um sich vor ihm zu verstecken.

"Schau dich an. Du bist ein Chaos, du hast Schlamm überall auf deinen Kleidern", sagte er und flüsterte fast in ihr Ohr. "Mal sehen, was wir dagegen tun können. Wir müssen es abnehmen, damit wir es reinigen können."

Er begleitete sie in die verlassene Scheune.

Bridget überflog die Umgebung sorgfältig, als sie näher kamen.

Das Auto, die Bäume, die den Hof säumten, und der Weg, der sie dorthin führte.

"Was wirst du machen, Burt?" Sie fragte. "Fick mich, bis kein Leben mehr in mir ist?"

"So etwas könnte man sagen, ja."

Sie wusste in diesem Moment, dass er verrückt geworden war.

Seine Persönlichkeit hatte sich verändert, weil es für ihn keinen Ausweg gab.

Er war ein Mann, der nicht aufgeben konnte, alles zu verlieren, was er hatte, und stattdessen alles zerstörte, einschließlich sich selbst, jemanden, den er liebte.

Die Scheune war bis auf die Lichtstrahlen, die durch die Löcher in der Decke drangen, dunkel.

Es gab Stroh auf dem Boden und frische Ballen oben.

Der Gestank von verfaultem Stroh traf ihre Nasenlöcher, als er nach einem kleinen Seil griff, um ihre Handgelenke zu binden.

Dann drückte er sie in einen weichen, offenen Ballen und begann, ihre Knöchel zu binden.

Der Fluchtplan hatte sich nun geändert.

Aber sie widerstand ihm nicht.

"Niemand weiß von diesem Ort. Es ist jetzt alles mein und deins. Es ist viele Meilen von hier entfernt zu jedem bewohnten Ort", sagte er.

Er zog das Handy aus der Jackentasche, warf es in die Scheune und zerschmetterte es gegen einen Holzbalken.

"Ich glaube nicht, dass du es mehr brauchen wirst."

Eine weitere Chance zu fliehen und sogar zu retten war verschwunden.

Sie beobachtete ihn, als er ihre rosa Bluse teilte und ihre mit BH bedeckten Brüste freilegte.

Seine Hand packte sanft eine ihrer Titten und drückte sie, als er in ihre Augen sah.

Für einen kurzen Moment sah sie ihn ruhig erscheinen, bis ein böses Grinsen auf seinem Gesicht wuchs.

Ein Ruck am Kleidungsstück und es schnappte in seiner starken Hand und brach es.

Anspannung packte ihre Schultern und schmerzte, was sie vor Schmerz zittern ließ.

Die Angst, die sie jetzt vollständig erfüllte, ließ sie die Kontrolle über ihre Körperfunktionen verlieren und sie urinierte auf sich selbst.

Sie fing an zu weinen und zu zittern.

"Tu das nicht, Burt, bitte mach das nicht durch."

"Du magst es nicht? Ich dachte, das war es, worauf Leonardo sich einließ?" sagte er und spuckte seine Worte in ihr Gesicht. "Du magst Leonardo, richtig?"

"Das stimmt, ja ... ich hätte es fast vergessen", fuhr er fort. "Du hast ihn deine Jungfräulichkeit nehmen lassen, nicht wahr?" Seine Hand bewegte sich auf und ab ihres Rocks und berührte ihre Schenkel, als er ihre Leistengegend fand. "Ja ... du hast ihm etwas gegeben, das ich immer wollte. Etwas, von dem ich dachte, dass du es nur für mich sparst."

"Burt ... tu es nicht."

"Warum sollte ich aufhören?"

Sein Finger drückte schmerzhaft gegen ihr Geschlecht und drückte gegen die Seide ihres Höschens.

Bridget weinte weiter, als wäre ihre Welt untergegangen und nur ein Gefühl der Verzweiflung blieb übrig.

Calvin schlug ihr hart ins Gesicht.

Sie blieb geschockt stehen und sah ihn an.

"Du bist nichts als eine Schlampe!"

Sie zog ihr Höschen auf die Knie und zog dann ein Schweizer Taschenmesser aus ihrer Jacke, schnitt beide Seiten des Gummibandes ab und warf sie über ihre Brüste.

Bridget war total geschockt und beobachtete ihn schweigend, als er sich an ihren Rock hakte und anfing, ihren Bauchnabel zu küssen, dann fing sie an, ihren Strumpfgürtel zwischen ihre Zähne zu ziehen.

"Burt, tu mir nicht weh. Ich werde tun, was du willst", sagte sie zu ihm. "Wir können zusammen weglaufen, irgendwo weit weg, damit uns niemand findet."

"Was?" Er hob den Kopf, um sie anzusehen. "Es gibt keinen Ort, an dem man sich wenden kann, dummes Mädchen. Glaubst du, ich werde auf diesen Trick hereinfallen? Du wirst tun, was du willst, das stimmt. Aber zusammen zu gehen ist nicht eines dieser Dinge."

"Und das...?"

"Du wirst es früh genug herausfinden. Da ich dich jetzt liebe und nichts anderes wichtig ist."

"Ich muss aufräumen. Ich sehe für dich momentan nicht gut aus."

"Natürlich Baby, es tut mir leid. Vergib mir, dass ich so ungeduldig bin."

Calvin stand auf und sah sie an.

Die schlammbespritzten Klamotten, die sie trug, hatten ihn an sein Versprechen erinnert, und jetzt war sie schmutzig und musste sich um ihre weibliche Sauberkeit kümmern, damit sie sich ihm gegenüber besser und vielleicht sexueller fühlte.

Aber Bridget hatte genug von ihrem Geist zurückgewonnen, um erneut darüber nachzudenken, ihn auszutricksen und mit ihren Schwächen eine Flucht vor ihm zu planen.

"Du musst mich losbinden", sagte er.

"Nein! Ich werde dich selbst waschen." Antwortete.

"Burt, bitte, ich bitte dich. Lass mich auf mich selbst aufpassen. Ich verspreche, ich werde nicht weglaufen ... das versichere ich dir."

"Nein, ich kann dir nicht vertrauen, Baby, es tut mir leid. Ich hole einen Eimer Wasser und einen Waschlappen."

"Ich brauche Seife. Da ist etwas in meinem Koffer."

Er sagte ihr, sie solle still bleiben und sich nicht von ihrem Standort entfernen, bevor sie die Scheune verlasse.

Bridget wartete ein paar Minuten und ging dann auf die Knie und stand schließlich auf.

Sie konnte sehen, wie er den Hof durch ein Loch in der Wand überquerte, als er zum Auto ging, also sprang sie näher an die Wand, um ihn klarer im Auge zu behalten.

Er bemerkte den Holzbalken über der Tür, um sie von innen zu schließen.

Es war aufrecht und klappbar.

Ein Stoß und er würde von seinem Platz fallen.

Zumindest die Tür würde verschlossen sein, und er würde nicht wieder hineinkommen können.

Also sprang er wieder mit den Handgelenken hinter dem Rücken zum Balken, um ihn abzuziehen.

Er begann sich langsam zu bewegen und ließ sich glücklicherweise nieder und schloss das Scheunentor.

Calvin öffnete den Koffer und hörte das Geräusch aus der Scheune.

Er rannte schnell zu den Türen und drückte sich gegen sie.

"Schlampe! Was hast du getan?"

Die Türen waren verschlossen und er versuchte, sie mit seinen Schultern zu öffnen.

Nach ein paar Mal blieb er stehen und erkannte, dass seine Bemühungen nutzlos waren.

"Bridget ... hör mir zu, Süße. Das ist nicht gut. Öffne die Türen. Bitte öffne die Türen für mich."

Bridget lehnte sich an die Wand und hörte ihren Bitten zu.

Jetzt brauchte er sein Handy, aber es war in Stücken auf dem Boden verstreut.

Etwas, das sie in ihrer Eile kurz vergessen hatte und verzweifelt anfing zu weinen, rutschte langsam die Wand hinunter auf den Boden.

15.

Harris kehrte in den Interviewraum zurück und stellte Leonardo eine Tasse heißen Kaffee auf den Tisch.

Er sah den Inspektor mit dunklen Augen an.

"Nun, hast du nachgesehen, ob sie bei ihm war?"

"Mein Assistent macht das gerade. Aber zuerst habe ich noch ein paar Fragen an Sie, macht es Ihnen nichts aus?" Harris saß am Tisch und öffnete sein Notizbuch. "Schau, die Dinge hier sind verwirrend und alles, was ich darin sehe, ist eine Mischung aus verschiedenen Menschen, die an allen möglichen Dingen beteiligt sind, und das Hauptproblem scheint Sex zu sein."

"Sex?" Leonardo setzte sich auf seinen Stuhl und sah Harris misstrauisch an. "Was bedeutet es?" Er nahm die Tasse Kaffee, probierte den Inhalt und verzog das Gesicht wegen des mangelnden Geschmacks.

"Ich mag all diese Dinge nicht, an denen Sie interessiert sind. Aber es scheint hier einiges an Rätsel zu geben, und ich finde es sehr schwierig, all dies zu rekonstruieren. Sie sagen, dass Calvin versucht, sein Geschäft zu übernehmen, und dass Miss Baldwin über Mord nachgedacht hat Miss Carrington und ... "

"Nein, nein, dieser Mord war ein Missverständnis in Bezug auf Miss Baldwin. Vergiss das alles."

"Aber das Attentat ist ein Verbrechen. Und Sie waren eines der möglichen Opfer. Ich muss das untersuchen."

"Das Wichtigste ist jetzt, Bridget zu finden. Sie erkennt nicht, in welcher Gefahr sie sich befindet. Ich habe herausgefunden, was los ist. Es ist eine Verschwörung, mich umzubringen, um mein Geschäft zu bekommen, das zwischen Calvin und Jacky geplant war. Alles ist beim ersten Versuch und jetzt gescheitert sein zweiter Plan scheitert ebenfalls. "

"Zweiter Plan? Jetzt verwirrt es mich. Ich erkläre es besser."

"Aber die Zeit läuft davon! Bridget ist in Gefahr, verstehst du nicht?" Leonardo schlug mit der Handfläche hart auf den Tisch und der Kaffee lief aus der Tasse. "Calvin wird sie jetzt töten, weil er alles verloren hat, was er wirklich wollte."

"Was er sagt ist, ist er selbstmörderisch? Und wird er jemand anderen mitnehmen?"

"Genau. Der Junge ist verstört, er ist ein Kontrollfreak und er ist pleite. Ohne mein Geschäft hat er überhaupt nichts und er hat Jacky vor langer Zeit in Stücke zerschlagen und die Gedanken in seinem Kopf lebendig gehalten, dass ich Jane getötet habe. Er ist ein Manipulator und Thomas hat mir alles erklärt, bevor ich heute Morgen gegangen bin. "

"Thomas? Deshalb haben Sie diese E-Mails gesendet? Er hat versucht, uns Informationen zu geben. Aber ich dachte, Calvin tut das für Miss Baldwin? Sollte er sie nicht lieben?"

"Ja, das tut er. Er liebt sie zu Tode."

* * *

Vor der Scheune war alles still.

Bridget beruhigte sich und hörte aufmerksam zu, während sie ihre Beine durch seine Arme schob, so dass das Seil vorne und nicht hinten um ihre Handgelenke gebunden war.

Das Seil zog sich zusammen und biss in ihre Haut, aber sie schaffte es.

Er schaute auf den Knoten und versuchte dann, ihn mit den Zähnen zu lockern, aber ohne Erfolg.

"Bridget ...!" Calvins Stimme hallte durch einen Spalt in den Holzbrettern der Wand. "Warum hast du die Tür geschlossen, Baby? Du weißt, das ist alles, was wir haben. Diese letzten zarten Momente zusammen. Warum sie verderben? Öffne bitte die Tür."

"Das ist verrückt, Burt. Du bist so verrückt! Geh weg und lass mich in Ruhe." Sie versuchte herauszufinden, in welchem der vielen Risse er sprach. "Ich weiß nicht, warum du das tust, aber du wirst nie damit durchkommen."

"Ich habe alles, was du brauchst, um dich aufzuräumen. Mach es nicht kaputt. Wir können eine tolle Zeit zusammen haben. Ich verspreche, ich werde dich nicht verletzen. Ich wollte dich nie verletzen und es tut mir leid, dass ich so hart war. Vorher. Bitte öffne die Tür."

Bridget durchsuchte die Scheune und hob die Teile des kaputten Handys auf, die sie finden konnte, aber es war irreparabel kaputt.

Seine Handgelenke begannen zu bluten, als das Seil stark nach unten sank.

Dann bemerkte sie, dass er von der Scheune wegging und durch einen Spalt schaute.

Er öffnete den Kofferraum seines Autos und holte eine Axt heraus.

Sein Herz schlug noch schneller bei dem Gedanken daran, was als nächstes kommen würde.

"Niemand weiß, dass wir hier sind, Schatz!" der Schrei. "So habe ich es nicht geplant und du bringst mich dazu, unnötige Gewalt anzuwenden." Er ging mit der Axt auf der Schulter zur Scheune. "Ich bin nicht glücklich, Bridget. Tatsächlich bin ich jetzt wirklich sauer auf dich."

Calvin knallte seine Axt gegen das Scheunentor und ließ Holzspäne nach innen fliegen.

Dieser Schlag erzeugte eine Lücke, die groß genug war, um eintreten zu können.

Er sah sie an der Wand schrumpfen an.

Sie zitterte vor Angst und schüttelte den Kopf, als er auf sie zukam.

"Nein, Burt, bitte tu mir nicht weh."

Er packte ihr weiches Haar in seiner Hand, drehte es fest und brachte sie dann auf die Knie.

Der Schmerz war zu viel für sie, zusätzlich zu der Angst, die sie bereits fühlte, und Bridget ging vom Bewusstsein zu einem traumatischen Traum über.

Er ließ sie los und ihr schlaffer Körper fiel auf seine Füße.

"Bridget?"

Er kniete sich neben sie und suchte in ihrem Nacken nach einem Puls.

Sie lebte und mit etwas Reue nahm er sie in seine Arme und umarmte sie fest.

"Schatz, es tut mir so leid. Du hast mich angepisst."

Flüsterte er dicht an ihr Ohr.

Seine Hand berührte sanft ihre freiliegenden Brüste.

"Ich würde dich niemals verletzen, ich weiß nicht einmal was ich tue. Ich schwöre."

Langsam lockerte er das Seil um seine Handgelenke, zog es dann heraus und legte es auf einen Strohhaufen.

Seine Finger folgten der Linie ihres Gesichts und sie öffnete ihre Augen und sah ihn an.

"Warum?" sie fragte leise.

Er lächelte sie an.

"Wenn ich könnte, würde ich mit dir weglaufen und mich vor diesem Durcheinander verstecken, in dem ich mich befinde. Aber du liebst mich wirklich nicht, oder? In all den Jahren habe ich dich geliebt und versucht, dir das klar zu machen. Du bist in mich hineingekommen. Kopf und ich kann dich da nicht rausholen. Ich habe nur getan, damit ich bei dir sein kann."

Bridget war jenseits aller Vernunft.

Sein Geist war geschockt und versuchte verzweifelt, sich mit ihm abzufinden und zu verstehen, was mit ihm geschah.

Aber sie hörte, was er zu ihr sagte und sie streckte die Hand aus und berührte sein Gesicht.

"Ich kann nicht gezwungen werden zu lieben, niemand kann. Lass mich gehen, Burt. Wenn du mich so sehr liebst, dann lass mich gehen."

Seine Augen schlossen sich wieder, als er in einen Zustand der Bewusstlosigkeit zurückfiel.

Calvin stand auf und sah sie am Boden liegend an, was er ihr angetan hatte.

In diesem Moment wusste er, dass das, was er versuchte, sehr falsch war und es tat ihm sehr leid.

Es hatte keinen Sinn, das zu tun, was er getan hatte, und jetzt bestand der einzige Weg darin, Verantwortung für seine Handlungen zu übernehmen.

Er ließ die Axt zu Boden fallen und ging aus der Scheune auf das Auto zu.

* * *

Carl kehrte zur Polizeistation zurück und rief seinen Chef an.

"Niemand weiß, wo er ist oder hätte gehen können. Ich habe seine Familie gefragt und das einzige, was sie alle wissen, ist, dass er heute Morgen zur Arbeit gegangen ist. Seine Sekretärin sagte, er habe auch keine geplanten Termine."

"Gute Arbeit. Ich denke, wir müssen dringend mit Thomas sprechen." Harris antwortete. "Gehen Sie zu Carringtons Haus und finden Sie ihn schnell. Ich denke, wir müssen uns möglicherweise mit einer Katastrophe befassen, wenn Sie dies nicht tun. Finden Sie ihn."

* * *

Calvin saß in seinem Auto und sah zur Scheune, bevor er das Handschuhfach öffnete.

Er griff hinein und zog eine Pistole heraus, überprüfte, ob die Kugeln angebracht waren, und hielt sie dann in der Hand, als würde er sie bewundern.

"Ich wusste, dass du eines Tages nützlich sein würdest." Sagte er sich.

16.

Bridget öffnete die Augen und ein paar Sekunden Bewusstlosigkeit hatten sie an einen Ort der völligen Dunkelheit gebracht.

Es war schon Nacht und die kalte Luft ließ sie zittern, als sie im feuchten Stroh lag.

Das Letzte, was sie sah, war, dass Calvin sie ansah. Der Klang seiner Stimme bat um Vergebung und jetzt war alles um sie herum still.

In der Ferne unterbrach das Geräusch eines Hubschraubers im Flug diese Stille, und sie stand langsam auf und hielt zerrissene Kleidung um sich, um sich zu wärmen und zu trösten und ihre Nacktheit zu schützen.

Jetzt kam alles, was an diesem Tag passiert war, zu ihr zurück und die Kälte, die durch sie lief, verwandelte sich wieder in ein Gefühl der Angst.

Versteckte er sich und wartete darauf, aus der Dunkelheit der Scheune auf sie zu springen?

Wo war es?

Sein Kopf füllte sich mit Fragen und das Geräusch des Hubschraubers wurde draußen lauter.

Ein Lichtstrahl beleuchtete die Außenseite des Ortes und fegte dann die Scheune.

Bridget öffnete die Tür und stolperte zum Luftschiff.

Der Hubschrauber suchte, bis er seinen Strahl auf sie richtete.

Der Glanz seines Lichts ließ sie ihre Augen vor ihm und dem zerrissenen Kleidungsstück mit der von den Propellern erzeugten Luft abschirmen und sie dem offensichtlichen Blick des Piloten und seines Partners aussetzen.

"Charlie sieben und neun, ich denke wir haben einen von ihnen gefunden." Der Partner meldete sich über sein Radio. "Es ist die Frau, aber es gibt keine Anzeichen für das andere Ziel."

"Ok, sag ihr, sie soll bleiben, wo sie ist." Der Pilot wurde informiert.

"Es ist die Polizei! Sei nicht beunruhigt und beweg dich nicht!" Die Stimme des Begleiters hallte durch einen Lautsprecher über dem Geräusch der Triebwerke des Hubschraubers.

Bridget erstarrte, beobachtete sie und schützte ihre Augen vor der einzigen verfügbaren Lichtquelle.

"Ein uniformierter Offizier wird so schnell wie möglich mit Ihnen eintreffen."

Und sobald der Kollege dies sagte, war in der Ferne die aufsteigende Sirene eines Streifenwagens zu hören.

Und der Ort wurde lebendig, eine Patrouille nach der anderen tauchte aus dem Nichts auf.

***

Bridget war in eine Decke gewickelt, erholte sich immer noch von ihren Sinnen und wurde von einem Offizier auf der Rückseite eines der Autos unterstützt.

"Okay, Miss Baldwin, Sie sind jetzt in Sicherheit."

Die sanfte, ruhige Stimme sprach ihn an, inmitten einer Verwirrung anderer Stimmen im Radio und derjenigen anderer Offiziere, die sich vor Ort unterhielten.

"Bist du verletzt? Fühlst du irgendwelche Schmerzen?"

Bridget schüttelte als Antwort den Kopf und hielt die Decke fester um sich.

"Wo ist Burt?" sie fragte, fast flüsternd.

Er erhielt keine Antwort, bis er die Worte eines anderen Berichterstatters hörte:

"Wir haben ihn gefunden. Er ist tot im Auto. Es sieht aus wie Selbstmord. Er hat eine Waffe in der Hand."

Bridget starrte ihn an.

Seine Augen starrten ausdruckslos, als die Worte in seinen Sinn kamen.

"Er ist tot".

Er wiederholte die Worte in seinem Kopf immer wieder, bis er sie zu verstehen begann, und nahm mit jedem Atemzug einen stärkeren Sinn an, bis er schrie:

"Nein!"

* * *

Beethovens sanfte, beruhigende Musik spielte im Hintergrund.

Bridget lag mit geschlossenen Augen und lächelte, erinnerte sich an einen Konzertsaal und sah, wie ihr Vater das Orchester dirigierte.

Sie lächelte, fühlte sich zufrieden und glücklich.

Das Gefühl eines warmen Kusses, gefolgt von dem sanften Kratzen einer Zunge über ihrer Brustwarze, sandte angenehme Empfindungen über ihren Rücken.

Sein Lächeln wurde breiter, als er sich dort zu tieferen Küssen wölbte.

Das kalte Gefühl, gefolgt von wärmeren Küssen und Liebkosungen, sanften Bissen, bei denen ihre Hände nach der weichen Haut an ihren Fingerspitzen griffen und diese berührten.

Sie fuhr mit ihren Fingern über seine Schultern und erkundete ihn weiter. Sie fing seinen Geruch auf und spürte die Weichheit seiner Haare, als er sich nach oben bewegte. Sein warmer, beruhigender Körper war nah an ihrem.

Ihre Augen weiteten sich und trafen seine dunkelbraunen Augen, die sie anstarrten.

Dann trafen sich ihre Lippen und der Kuss wurde mit jeder Sekunde leidenschaftlicher.

Bridget war in Sicherheit und alles, was passiert war, gehörte der Vergangenheit an.

Was vor ein paar Nächten im Restaurant begann, als sie sich das erste Mal trafen, konnte wie geplant fortgesetzt werden und war nicht länger vom Schicksal verboten.

Sie hatte sich vor langer Zeit aus der Ferne in ihn verliebt und seine Liebe zu ihr begann, als sie zum ersten Mal auf dem Tisch im Restaurant aßen und plauderten.

Ihre Lippen teilten sich.

"Du bist die schönste Kreatur, die ich je gesehen habe. Niemand kann dich mit denen vergleichen, die ich zuvor geliebt habe."

"Nicht einmal Jane oder Jacky?" Fragte Bridget spöttisch.

"Vielleicht ..."

Sie legte einen Finger an seine Lippen, um ihn zum Schweigen zu bringen.

"Sei sehr vorsichtig, was du sagst, Leonardo. Ich mag, was ich gerade gehört habe und ich will nichts anderes hören."

"Also ja, ich meinte was ich sagte."

"Bist du sicher?"

"Absolut."

"Dann liebe mich wie nie zuvor."

"Ist das ein Befehl, Ma'am?"

"Ah! Es ist kein Befehl, Leonardo. Nie mehr Befehle oder verdeckte Befehle, denk daran, dass ich nicht so bin."

"Dann werde ich mit dir schlafen, weil ich will." Er antwortete mit einem Lächeln, das sie kribbeln ließ, einem Lächeln, das sie mit Vergnügen erfüllte, einem Lächeln, das sie verzauberte, weil es dem Mann gehörte, den sie so sehr verehrte.

Die Musik spielte weiter und eine leichte Brise wehte durch das offene Fenster mit Blick auf die Abenddämmerung in Florenz.

Leonardo hatte sie zu sich nach Hause eingeladen.

Es gab beiden die Möglichkeit, ihre Beziehung zu reparieren und zu versuchen, die jüngsten Ereignisse in ihrem Leben zu vergessen.

Sie verbrachten drei lange Wochen zusammen.

Zu dieser Zeit verliebte sich Bridget nicht nur in Leonardo, sondern auch in ihr Heimatland.

Bei jeder Gelegenheit, die sich bot, liebten sie sich und sprachen über eine neue Seite in Bridgets Karriere, um als Schauspielerin in der Werbung weiterzumachen.

Aber es gab immer noch Dinge, die sie tun musste, und eine Person musste sehen, während sie dort war, um sich von einem Dämon zu befreien, der sie seit dem frühen Tod ihres Vaters verfolgte.

* * *

Angel lebte allein in seiner riesigen Wohnung, eine Wohnung, die Leonardo mit ihm geteilt hatte.

Sie hatte die beiden zum Abendessen eingeladen und als sie ankamen, fühlte sie sich seltsam, als Bridget Angel nach einer langen Zeit des Hasses gegen ihn wieder umarmte.

Er sah älter aus, sein Haar sah viel grauer aus als zuvor und es war auch offensichtlich, dass er an einer Krankheit litt, von der ihm nichts erzählt worden war.

Die drei saßen an einem Tisch und teilten ihr Essen.

Michelangelo schien sich mehr mit Leonardo zu unterhalten als mit Angel, aber das war zu erwarten.

Und sie hörte ihren Gesprächen zu, was sie konnte, wenn sie auf Englisch und nicht auf Italienisch sprachen, und konzentrierte sich vor allem auf die Zeit, die die beiden über so viele Jahre als Freunde zusammen verbracht hatten.

Bridget nippte an dem süßen Rotwein aus ihrem Glas, während Leonardo sie fragte.

"Wann haben Sie von Ihrer Krankheit erfahren?"

Bridget wartete darauf, dass Angel antwortete.

Aber es kam nicht so schnell wie sie erwartet hatte.

Stattdessen streckte Angel seine Hand aus und legte sie über ihre, drückte sie fest, aber sanft.

"Wenn Sie mich jemals beschuldigen, Ihren Vater gezwungen zu haben, sein Leben zu beenden, dann hat Gott Ihnen einen Wunsch erfüllt." begann zu erklären. Bridget sah ihn mit einer leichten Verzweiflung in ihrem Gesichtsausdruck an. "Aber ich werde dieses sterbliche Leben früher als erwartet verlassen."

"Nicht..."

"Still ... Egal, mein Lieber. Ich habe in der Vergangenheit anderen Menschen viele böse Dinge angetan. Was ich deinem Vater angetan habe, war grausam und drohte, seine Karriere als großartiger Dirigent zu zerstören. Du hast jedes Recht, mich zu haben. Ich hätte nie gedacht, dass er den Ausgang nehmen würde, den er nahm, um der Demütigung zu entgehen, wie er es tat. Ich hätte mehr darüber nachdenken sollen, und vielleicht hatte er Recht, als er mir sagte, dass ich meine Zusammensetzung genug geändert hatte, um zumindest einen Teil davon als seine zu beanspruchen eigener Job. "

Damit warf Bridget ihre Arme um Angel und umarmte ihn.

Der Mann, den sie so sehr liebte, um aus Rache zu sterben, würde sowieso sterben, und seine Worte waren zumindest die gewesen, die sie seit vielen Jahren hören wollte.

"Ich hätte dir sagen sollen, was ich vor vielen Jahren gesagt habe. Ich habe dich dazu gebracht, mit Hass zu leben, und Hass verblasst nicht immer mit der Zeit, und er kann auch in dir sehr wachsen, so wie es in dir getan hat, meine Liebe."

"Ich vergebe dir", sagte sie zu ihm, trennte ihre Worte sanft von ihm und ließ die Tränen aus ihren Augen fallen. "Ich habe ihn so sehr geliebt. Er war alles für mich."

"Ja, das ist mir klar. Wenn du jemanden so sehr verletzt hast, hast du auch diejenigen verletzt, die ihn lieben. Wenn du weißt, dass du sterben wirst, denkst du darüber nach, was du erreicht hast und was auch im Leben gescheitert ist. Und ich konnte deinen Vater nicht verstehen Ich habe ihm nicht einmal die Gelegenheit gegeben, sich selbst zu erklären. "

* * *

Später in dieser Nacht schlenderten Bridget und Leonardo durch die geschäftigen Straßen von Florenz und nahmen die Atmosphäre seiner Geschichte und des modernen Charismas in sich auf.

Sie hielten sich an den Händen und gingen schweigend, als sie über Angel nachdachten und was er sehr bald zu Gesicht bekommen musste.

"Fühlst du dich jetzt ruhiger, wo du endlich mit ihm gesprochen hast?" Fragte Leonardo.

"Ja. Und ich fühle mich auch schlecht bei dem, was ich versucht habe."

"Also ist jetzt alles geregelt. Er hat die Anklage wegen versuchten Mordes fallen lassen und jetzt hast du ihm vergeben. Ich denke, dadurch fühlt er sich so viel besser, als wir ihn heute Abend gesehen haben."

"Und du, Leonardo? Hast du vor, die Anklage auch gegen Jacky fallen zu lassen?"

Er lächelte sie an, küsste ihre Hand und sagte:

"Bridget, es gibt etwas, das Sie wissen sollten. Ein Gespräch mit Inspector Harris, das ich kürzlich geführt habe." Bridget sah ihm tief in die Augen, die Tränenspur immer noch in ihren. "Wenn all dies angeklagt worden wäre, wäre es sehr schwierig gewesen, dies zu beweisen. Sie und ich haben die Beweise an diesem Morgen auf dem Fluss verworfen. Und sie haben Sie nicht gezwungen, ein Geständnis zu schreiben."

"Was ist mit Jackys Geständnis?"

"Ihr Geständnis ist jetzt wertlos", antwortete er. "Völlig nutzlos."

"Wie ist das?"

"Weil ich sie mit dem, was ich der Polizei erzählt habe, einfach verrückt gemacht habe. Ihr Geständnis ist nur eine Erfindung ihrer wilden Fantasie. Es ist vorbei. Und sie wurde nicht für ihren Teil an all dem verhaftet, zumindest noch nicht. ""

"Findest du das nicht gefährlich?"

"Nein, überhaupt nicht. Es ist gut für uns beide, dass sie jetzt für psychisch instabil erklärt wird. Zumindest wird sie nicht versuchen, wieder auf uns zu spielen. Und es gibt noch etwas anderes."

"Noch etwas?"

"Ja. Ich habe es geschafft, zwei weitere Deals für mein wachsendes Imperium zu bekommen. Calvins und ihre. Also wurden die Jäger am Ende die Gejagten."

Bridget löste sich aus seiner Umarmung und sah ihn streng an.

Er zuckte die Achseln und fragte.

"Was?"

ENDE